꿈꾸는 고래

이매리 소설집

문학공원 소설선 39

꿈꾸는 고래

이매리 소설집

문학공원

책을 펴내며

가끔 나는 내 속에 또다른 나에게 묻는다. 왜? 피곤하게 잠도 못자고 상상 속에 빠져 소설을 쓰느냐고? 이제 편하게 살지….

'왜 글을 쓰느냐?'고. 나도 구체적으로 말할 수는 없다. 그저 소설 속에 타인으로 내가 살아갈 수 있는 것을 즐기는지도 모른다.그것이 행복할 수만은 없더라도 슬픔과 절망으로 느꼈다면 현실에서의 나는 행복할 수 있기 때문인지도 모른다.

이번 단편집의 집필은 고통이었다. 작품 하나 끝나면 어김없이 불면증과 몸살을 앓았다. 그럼에도 낯선 누군가 내 마음속에 다시 들어온 것을 책망하면서 또 다른 삶을 살아본다. 그래서였는지 이번 단편집은 나름 인간의 심리적인 모순을 써보았다. 독자에게 심판을 맡긴다.

2025년 늦가을

이 매 리

〈서문〉

소시민들의 모순을 고발하고
그 상처를 아물리기 위해 씨름해

김순진(문학평론가 · 한국문인협회 이사)

사람의 삶이란 다 거기서 거기다. 그래서 나는 강의시간에 사람들 앞에서 "사람은 누구나 밥 먹고 똥 눈다.'"는 말을 자주한다. 아무리 고관대작이라 할 지라도 밥을 먹어야 하고 생리현상을 해결해야 한다는 뜻으로 사람 위에 사람 없고 아래 사람 없다는 말을 우회적으로 하는 말이다. 인간살이의 기본은 금전이 아니다. 금전은 편안함과 다소의 불편을 가리는 방편일뿐, 인간의 본성을 제어하지 못한다.

그렇다면 무엇이 인간을 힘들게 할까? 사랑의 결핍이다. 사랑이 떠나가는 날, 가짜로 사랑하고 사랑을 빌미로 또다른 이득을 취하게 될 때 인간은 극심한 고통에 놓이게 된다. 이매리 작가가 쓴 일련의 러브스토리는 이러한 결핍 상황에 놓인 사람들을 관찰하는 일이다. 이매리 작가가 '책을 펴내며'에서 썼듯 '인간의 심리적인 모순'이 그것이다.

이매리 작가는 자신이 미친 것 같다고 말한다. 돈도 안 되는 소설쓰기를 왜 밤을 새워 하느냐는 이야기다. 그런데 이 세상 모든 시작은 돈이 되지 않는 것에서부터 출발한다. 한 운동선수를 키우기 위해 부모는 엄청난 돈을 쏟아부으며 투자하지만, 모든 선수가 모두 성공하는 것은 아니다. 그렇지만 적어도 그 선수는 건강문제만큼은 평생 자신있게 살아갈 수 있는 위치에 놓이고, 또다른 친구와 그 운동에 관한 전문가가 되는데, 선수로서 성공하지 못한다 할 지라도 우리는 그를 맹목적인 실패자라 할 수 없는 것이다.

사람들은 '돈 돈.'하지만 돈은 우리의 목표가 아니다. 저세상에 갈 때 돈을 싸가지고 가는 사람은 아무도 없다. 다만 사람은 죽지만, 평판과 이름을 가지고 다시 살 수 있었다. 우리는 그것을 위해 살아야 한다. 이제 우리가 살아야 하는 이유는 이 땅에 왜 왔다가는 지에 대한 확인뿐이다. 그것이 글쓰기고, 예술이며 그것이 한 인간의 완성도를 높이는 일이다. 결국 우리가 떠나도 내 자식과 사람들은 내 작품을 통해 나를 보게 되고 그리워하게 된다. 그게 많은 독자든 한 사람의 독자든 간에 우리 작가들은 나를 기억할 수 있는 사람을 남겨놓게 되는데 그것이 작품이고 작품성이다.

이매리 작가가 말한 '인간의 심리적인 모순'은 셰익스피어가 그의 4대 비극 『햄릿』, 『리어왕』, 『오델로』, 『멕베드』에서도 잘 나타난다. 이매리 작가가 쓰는 일련의 작업들은 대부분 비극적인 스토리를 담고 있었다. 사람이 죽고, 사람을 죽이고, 그 사람을 망가뜨리려는 악당들의 출현을 통해서 사람은 좀더 긴장하고, 탄탄한 사랑의 유대관계를 필요로 한다는 해석을 가능하게 한다.

이매리 작가가 다루고 있는 4편의 단편소설과 1편의 중편소설 역시 외부의 물리적인 시련을 통해 그 가족이나 삶이 더욱 결속되고 단단해지는 과정을 그린다. 자식처럼 돌봐주던 악당이 흑심을 품고 아무도 눈치채지 못하게 다가가는 과정과 당하는 자의 분노하는 또다른 가정의 묘사는 바로 드라마로 옮겨져 당장 TV브라운관에서 만나도 전혀 이상할 것이 없다는 생각이 든다. 착한사람들의 분노를 주변환경과 풀꽃, 노동의 방식을 통해 희석하면서 삭이게 하는 작가의 필력은 이미 이매리 작가의 장편소설 『여인의 초상』에서 충분히 증명된 바 있었다. 괌이란 외국의 특수적인 공간 속에서 일어날 법한 일본군과 한국 징병자의 이야기는 소름이 돋칠 정도로 리얼하며, 아픈 역사를 안고 사는 후시대 사람들이 겪는 아이러니 또한 매우 중요한 '인간의 심리적 모순'이다.

소설가에게 던진 '왜 소설을 쓰는가?'에 대한 질문은 결국, '왜 사는가?'와 같은 질문으로 되돌아온다. 우리는 사는 과정에서 보았고 느꼈기 때문에 쓴다. 그리고 우리 소설가들은 같은 실수를 되풀이하지 말라는 나 자신에 대한 경고와 독자들에게 던지는 메시지가 들어있는 것이다. 긴 시간 동안 소시민들의 아픔을 붙들고, 그 모순을 고발하고 그 상처를 아물리기 위해 씨름해온 이매리 작가에게 우레와 같은 박수를 보내드린다.

차례

책을 펴내며 … 5

서문 / 김순진 문학평론가 … 6

꿈꾸는 고래 … 14

바람의 흔적 … 122

산들이 엄마 … 156

그 남자의 첫사랑 … 194

해무(海霧) … 232

〈중편소설〉
꿈꾸는 고래

꿈꾸는 고래

 잠실역 5번 출구, 사람들의 발소리가 들리는 바닥은 콘크리트로 건고하게 만든 지하동굴로 웅장한 기둥이 받치고 있었다. 몰려다니는 정어리들처럼 기둥 사이로 사람들이 어깨를 웅크리며 계단 아래로 걸어 들어가는 모습은 입만 벌리고 포식하는 거대한 고래 아가리를 상상하게 했다. 검푸른 어둠 속에서 검은 아가리를 벌리고 있는 고래의 먹이로 정어리들이 흘러 들어가듯이 지하 전철역으로 흡입되고 있었다. 당연한 듯 이른 시간에 출근한다고 생각했는데 또 서서 가야만 했다. 전철역이 하나씩 지나갈 때마다 고래는 꾸역꾸역 욕심껏 배를 채운다. 어깨를 움직일 수조차 없이 사람들은 한 배를 탄 동료의식으로 불편하다는 표정 없이 비좁은 공간에 사람의 목소리는 들리지 않았다.

 전철은 작은 흔들림으로 몸을 추슬러 사람들은 좁은 공간에서도 두 다리를 꿋꿋하게 버티고 서 있었다. 내리는 사람보다 타는 사람들이 많은 출근 시간에 11개의 전철역을 지나고 사람들은 어떻게 빠져나갈 수 있을까? 생각하면서 내려야 할 방향을 보고 서 있었다. 굳이 노력하지 않아도 마치 고래 아가미로 빠져나오는 작은 정어리들처럼 익숙하게 사람들을 밀어내고 가는 전철의 꽁무니를 잠시 바라보았다.

 승원은 계단을 올라와 빌딩 숲을 배회하는 찬바람을 최대한 방어하기 위해 옷깃을 올리고 웅크리며 빠르게 회사로 향해 걸었다. 그는 전철역에서 내려 5분 정도 걸어가면 본사 건물이 있고 로비에서 엘리베이터를 타고 짧은 순간 8층으로 올라갔다. 집에서 전철역까지 7분 정도 걸어 전철을 타고 9개월째 본사로 출퇴근하는 것이 전철 지옥이라고 하지만, 퇴근길에 술을 마셔도 운전할 걱정이 없어 괜찮다.

 '카톡! 카톡!'
 '또 뭐야?' 회의 중에 진동으로 온 아내의 카톡은 씹어버렸다. 또 뭐가 문제일까? 아침에 일어나 습관처럼 커피를 내리고 어제 사 놓은 빵에 버터를 발라 먹고 하얀 털을 가진 우아하고 앙큼하게 생긴 강아지 샤샤에게 밥까지 주고 왔는데 뭐가 문제일까? 회의가 끝나고 나중을 생각해서 카톡을 봐야 했다.

"여보. 샤샤를 발코니에 내놓고 그냥 가면 어떻게 해? 당신 몇 번째야?"

"아. 그랬나? 미안해 깜박했어."

아내는 아들과 아침밥을 먹으면서 내 생각은 했을까? 출근 시간에 그 잘난 하얀 털을 가진 개에게 밥을 주고 볼일도 보라고 발코니에 내놓고 깜박 잊고 출근한 것을 아내의 카톡 문자는 칼칼한 목소리가 느껴졌다. 젠장! 출근하든 말든 무관심한 아내는 출근하는 남편을 위해서 밥을 해주지는 못하더라도 따뜻한 커피만이라도 내려주면 좋으련만…. 그것도 어렵다면 침대에서 일어나는 남편에게 '일어났어?'라고 말 한마디만 해도 될 텐데…. 아내는 달라졌다. 물론 알뜰한 아내는 아들 녀석 장래를 위해 정성을 다하는 훌륭한 엄마라는 것은 인정한다. 그러나 결혼하고 아내가 임신하기 전까지 함께 출퇴근하면서 아내에게 세상에 단 하나 뿐인 남편이었다.

아이를 낳아도 사회적으로 활동하는 여성이 되겠다고

하더니 아이를 누구에게도 맡길 수 없다고 전업주부가 되었다. 남편을 지극히 사랑했던 아내는 아들과 샤샤에게만 관심을 주는 것 같았다.

승원이 몇 달 전만 해도 지방의 아파트 건설현장으로 출근해서, 그의 아내는 주말에만 집에 오는 남편을 더 좋아했던 것 같다. 아내는 본사로 출근하면서 한동안 변함없이 남편을 위해 잘해주더니 이제는 아침에 혼자 일어나 알아서 챙겨서 먹고 출근해야 하는 것이 아내와 아들만의 익숙해 있는 공간에서 소외된 사람같다. 다행스러운 것은 혼자 자는 것보다 아내와 살 맞대고 함께 잠을 잘 수 있다는 것이다.

아침이면 샤샤란 놈이 볼일 보겠다고 다가와 발등을 긁고 발코니 문을 열어 달라고 힐끔힐끔 뒤돌아보면서 따라오라고 눈알만 껌벅거릴 뿐 꼬리 한번 흔들고 다가오지도 않는다. 물론 퇴근하면 볼 수 있는 아내와 아들 녀석을 생각하면 샤샤란 놈이 꼬리 치고 반가워하지 않아도 괜찮다.

"여보. 나왔어."

현관문을 열고 목소리를 높여보지만 아내는 듣지 못하고 발코니의 생물들을 정리하고 있었다. 아내는 적당한 키에 적당한 외모에 언제부터 머리를 짧게 잘랐는지 기억도 없지만 짧은 머리에 펑 퍼진 바지에 어깨가 조금 늘어진 셔츠를 입고 지극히 집에서만 있는 것을 좋아하는 여자다.

"여보. 우리 오늘 외식할까?"

"당신. 회식이 많아서 충분히 먹을 것 다 먹을 건데 무슨 외식이야?"

"아니 당신하고 오랜만에 데이트하자는 건데? 당신 너무한 것 아니야?"

"여보. 나가서 먹는 것 귀찮아 집에서 푸짐하고 편안하게 먹자."

로맨틱한 것을 바라는 것은 아니다. 나름 회사 동료들과 회식 자리에서 다른 테이블에 가족들이 외식하는 것을 보면 나도 남들처럼 그렇게 평범한 행복을 누려보고 싶어서다.

"알았어! 밥이나 줘."

승원은 거실 소파에 몸을 던지듯이 앉았다.

"당신, 밥 차릴 동안 씻고 나와."

마치 아들에게 하듯이 씻고 나와야 밥을 주겠다는 것 같았다.

"나, 내일부터 양평으로 출근해."

"지방에서 근무하다 본사로 출근한 지 얼마나 되었다고 또 지방으로 출근을 해?"

"양평은 집에서 출퇴근할 수 있는 거리야. 그런데 당신. 주말부부 좋아하지 않았나?"

"왜 그렇게 생각해? 당신 요즘 삐딱해지는 것 같아 사춘기 애들처럼."

"사춘기가 아니고 당신이 나를 무관심하니까 그렇지. 내가 이제 남자로서 매력이 없나?"

"당신 어디 아파?"

심각한 것은 아니다. 투정하는 것은 본사로 출근한 지 얼마나 되었다고 또 현장으로 출근하는 것이 내키지 않을 뿐이다.

"그런데 양평은 전원주택이 많은 곳 아니야? 농촌에 인구가 얼마나 많다고 아파트를 지어?"

"인구가 많고 작고가 아니고 당신도 아파트에서 사는 것이 얼마나 편한지 알면서 그래?"

승원은 양평에 인구가 몇 명이든 그 생각까지 할 필요가 없는 건설회사 토목과 과장일 뿐이다.

아내는 밥을 먹으면서 아들에게 고등어 살을 집어 아

들 밥에 올려준다. 아직 사십 초반인 아내의 건조해 보이는 피부만큼이나 아내의 눈가 주름에 눈이 간다. 아내는 욕심이 있어서 알뜰하다기보다 조금은 인색할 만큼 절약적인 생활로 집안은 늘 훈기가 부족했다. 얼마 전 정년퇴직을 앞둔 김 과장이 아내의 영양제를 주문했다는 것이 생각났다.

"당신 여성호르몬 영양제라도 먹지 그래?"

"여성호르몬 영양제? 내가 늙어 보여? 나 이제 40대야 아직 나 괜찮아. 내가 집에서 화장할 일이 없어서 그렇지. 내가 남들처럼 화장이나 하고 친구들하고 어울려 명품이나 사서 멋이나 부리고 다니면 당신 감당할 수 있어?"

"아. 그런 뜻이 아니야. 당신 건강을 생각해서 하는 말이라고. 왜 그렇게 예민해 당신?"

미소를 지으면서 승원은 아내의 얼굴을 바라보았다.

"뭘 그렇게 봐? 당신은 나보다 나이도 많고 흰 머리도 만만치 않아."

괜한 말을 했다. 어찌 생각하면 아내는 이대로 행복한 사람인 것 같다.

"밥통에 새로 밥해 놓을 테니까 아침에 찌개는 데워서 밥 먹고 출근해."

"날마다 똑같은 찌개는 아니겠지?"

아내는 부부간의 사랑하는 감정보다 함께 사는 식구로서 의무적으로 챙겨주는 것 같다.

승원도 달달한 감정을 바라지도 않고 이미 서로의 감각은 무뎌지고 있다는 것을 알고 있었다. 지방에 있을 때 주말마다 만나는 것이 반가워서 의무적이든 아니든 부부관계는 꾸준히하면서 아직은 왕성한 호르몬이 생성하고 있다고 믿었는데 막상 한 집에서 살면서 부부 관계는 오히려 줄어들고 있었다.

이른 아침. 뽀얀 안개가 출근길을 더디게 만들고 있었다. 밀리는 자동차들은 천천히 더듬이처럼 안개 속을 기어가고 있었다. 그래 이렇게 사는 거지 나만 더듬이 운전하는 것도 아니지 않나? 도로는 앞뒤로 자동차가 밀려있었다. 이문세의 노래를 들으니 안정감에 여유를 느낀다.

아내는 승원을 많이 사랑했었다. 그랬던 아내가 예전과 달리 애교는 없더라도 이대로 적당히 만족해하며 사는 것이 다행이기도 하다. 가끔 아직 그녀는 나를 사랑하고 있는 것일까? 아무리 생각해도 아내는 감정 없이 덤덤한 한울타리 안에 있다는 것뿐이다. 지방에 있을 때

만 해도 토요일이면 설레는 마음으로 아내에게 달려왔었다. 물론 본사로 출근해서 매일 보는 상사들과 불편해서 정신적인 스트레스 때문일 수도 있었다. 무슨 문제일까? 난 아직 왕성한 호르몬 생산하고 있는 남자다.

구름 한 점 없이 하늘이 파란 봄날, 그녀를 만났다. 누군가 닮았다고 생각했었다. 오랜 날들이 지났어도 승원은 가슴은 먼저 뛰고 있었다. 모든 사물이 멈춰진 것처럼 시공간에 표류된 감정이었다. 분명히 서영이다. 카페는 사람들이 많았고 그녀는 바쁘게 움직이는가 싶으면 어느 순간 마법처럼 보이지 않았다. 커피를 주문하고 강이 보이는 창가 끝 자리에 앉아서 강줄기를 바라보고 있었다. 카페 안의 작은 문으로 들어간 그녀가 혹시 나올까 기다렸다. 들고 있던 알람이 진동으로 승원은 벌떡 일어나 주문한 커피를 들고 다시 그 자리에 앉았다. 햇빛을 받은 강물은 불어오는 바람 따라 꿈틀거리며 은빛으로 반짝거렸다.

서영이. 그녀가 확실했다. 그녀는 아직 승원을 보지 못한 것 같았다. 그녀를 마지막 만난 것은 오래전 해군에 입대하기 이틀 전이었다. 우리는 아침부터 만나서 늦은 밤까지 함께 있었다. 어둠이 내려앉은 언덕에서 그녀는 내 어깨에 얼굴을 기대고 승원은 그녀를 감싸안고 아쉬움에 서로를 바라볼 뿐이었다. 누가 먼저 가자고 했는지는 모르지만. 그녀의 어깨를 감싸고 우린 어설프게 여관으로 들어갔다. 사랑은 누가 알려줘서 하는 것이 아니듯이 처음 키스를 했다. 여름과 가을 사이 그녀는 추워서 떠는 것인지 두려움 때인지 아주 심하게 떨고 있었다.

"괜찮아. 원하지 않으면 우리 이렇게 안고만 있어도 돼."

"두려워. 오빠 없이 나 혼자 남는 것이."

"내가 올 때까지 꼭 기다려줘. 우리는 함께 할 거니까 오늘 아니더라도 괜찮아 우리 서로 믿고 있으면 되 알았지." 그때 우리는 아무 일도 없었다. 이미 우리는 하나가 된 것이라고 그렇게 믿었다.

계단으로 올라와 유리로 된 문을 밀고 익숙해 보이는 남자가 들어왔다. 누구인지 알 수는 없지만 조금 짧고 희끗한 흰머리를 깔끔하게 빗어 넘긴 어깨가 넓은 중년의 남자가 미소를 머금고 바라보았다. 그 사람이 앉아 있는 창가를 보았다. 유리창으로 들어온 저녁 햇살을 왕관처럼 머리에 이고 그 사람은 앉아 있었다. 자꾸 눈길이 창가 쪽을 향해 있었고 그 남자는 또 미소를 머금고 보고 있었다. 나를 알고 있는 것 같아 그 남자가 있는 테이블로 걸어갔다.

"윤서영? 서영이? 휴…, 이럴 수가…."

승원은 잠시 천정을 보고 긴 숨을 쉰 다음 앞 의자를 끌어 자리를 권했다. 서영은 숨이 멈추고 아무 말도 할 수 없을 만큼 놀라 서 있었다. 민승원이었다. 대학 때는 큰 키에 조금은 마른 편이었던 사람은 중후한 몸집은 중년의 남자 다운 매력을 지닌 모습이었다. 한동안 시계의 초침 소리를 듣고 있는 사람처럼 어설픈 미소로 바라보고 있었다. 승원은 3번째 왔을 때 그녀를 확실하게 알게 되었다.

"와! 이럴 수가? 얼마 만이야? 20년은 된 것 같은데…. 어떻게 지냈어? 이렇게 다시 만나다니 내가 얼마나 찾았는데?"

서영은 나를 찾았다는 말이 얼마 전의 일처럼 지난 기억들이 스크린처럼 지나가고 있었다.

"나 많이 변했지요?"

"아니. 많이 변했다면 내가 알아보지 못했겠지."

"좋아 보이네요. 그때보다 더….."

"이 카페는 직접 하는 건가?"

"네, 아직 미숙한 것이 많아요."

"정말 반가워, 나 시간 여유 있으니까 기다려도 괜찮겠지?"

"괜찮겠어요? 기다리는 사람이 있을 텐데?"

"나야, 정해진 퇴근 시간이 없어 괜찮아 기다릴게."

18년 정도 흘렀을 것이다. 분명 우리의 모습은 변했을 것이다. 그때의 내가 아니듯 그때 그 사람이 될 수는 없을 것이다. 승원은 그녀가 앞에 서있는 순간 햇살 때문인지 앞이 하얗게 아무것도 보이지 않았다. 그녀 또한 그 어떤 남자를 만났어도 이렇게 심장이 요동치지는 않았었다. 승원은 유리창에 비치는 햇살을 정면으로 눈을 감고 강 막에 느껴지는 서영의 얼굴을 깊이 낙인하고 있었다. 내 사랑은 끝난 것이 아니었다. 깊고 깊은 곳에 잠자고 있었을 뿐이었다. 시작도 끝도 없이 묻어두고 있었던 사랑하는 사람을 잃어버리고 승원은 나를 사랑한다는 여자를 만나 결혼을 했다. 그렇다고 아내를 사랑하지 않는 것은 아니다. 다만 육체적 쾌락이 사랑이 되었을 뿐이다. 사랑하는 여자를 가슴에 묻어두고 또 다른 사랑을 할 수 있었던 것은 인간은 사회적 동물이기 때문일 것이다.

그녀 앞에 또다시 가슴이 뛰고 있었다. 사슴처럼 목이 가늘고 동그란 눈, 도톰한 입술 말 없고 웃지도 않았던 소녀였다. 소녀는 몸집보다 큰 청바지에 남방셔츠를 아무렇게 꾸밈없이 입고 다니던 모습, 그때 그 모습처럼 서영은 무색의 청초함을 아직도 간직하고 있었다. 무슨 일이 있었던 것일까? 묻고 싶다. 무슨 소용이 있겠는가? 그러나 그로 인해 겪어야 했던 아픔과 고독한 기다림은 가혹했다.

주홍빛의 저녁노을이 서쪽으로 기울어 가고 있었다. 어디서? 어떻게 살았었는지 알 수는 없지만 잘살고 있는 것은 분명하다. 승원이 군대 가기 전에 서영은 기다리겠다고 약속을 했었다.

그랬던 그녀는 처음이자 마지막으로 보낸 편지에는 어학연수를 갔다가 오겠다는 주소 없이 보낸 편지였다.

"보기 좋아요. 중년의 안정감이랄까? 그때도 그런 사람이었어요."

"그런가? 세상 부딪치며 살다 보니 이제 덤덤하게 살아서 그렇게 보일 수도 있지."

"카페 한 지는 얼마나 된 거야?"

"5년 되어 가요."

"음. 자리 잡혀 인기 있는 카페가 된 것 같은데 분위기도 좋고"

"아직도 노력 미숙하지만 노력중이에요…. 노을이 이쁘네요. 이 시간에 일하느라 제대로 노을을 바라보지 않았었는데 덕분에 이렇게 나오니 좋으네요."

"그렇군. 함께 노을을 보기 위해 자주 와야겠어. 그래도 괜찮겠지?"

"나를 보러 오겠다는 말로 들리는데요?"

"들킨 건가? 하하하하."

선영의 카페에 오게 된 것은 토목공사 현장에서 자동차로 20분 정도의 거리 도로변에 있는 한식집을 직원들은 정해 놓고 식사하는 곳이었다. 정갈한 음식은 꽤 괜찮은 솜씨였다. 단골로 정해졌다는 이유로 주인 아주머니는 밑반찬이 비워지기 전에 다시 반찬을 아끼지 않고 주었다. 3주가 지났을 무렵 김 대리는 '자판기 인스턴트 커피만 마시지 말고 운치 좋은 카페를 알고 있다.'며 승원을 데리고 간 곳이 서영이 운영하는 카페였다. 그 후 운명처럼 퇴근 후 혼자서 카페에 들려 잠시 쉬었다 가려고 했던 곳에서 사랑했던 여자를 만난 것이었다.

승원은 익숙하게 2층으로 계단을 밟고 올라가면 자동으로 열리는 유리문에서 서영의 모습을 찾았다. 커피를 주문하고 알람이 울리고 커피를 들고 창가 테이블에 앉았다. 서영은 그가 앉아 있는 모습을 보았다. 그 사람 세월이 지났어도 그때의 기억으로도 가슴이 떨렸다.

"왔어요?"
"음. 노을이 사라지기 전에 빨리 왔어."
"오늘 우리 저녁 먹을까?"
"다음에요. 오늘 직원들하고 회식하는 날이거든요."
"그렇군."

승원은 예전처럼 서영이 어떤 말을 해도 다 이해하고 배려하던 그때 그 사람이었다.

승원은 당연한 듯 퇴근 길에 그녀를 보고만 가도 행복했다.

"여보. 우리 아들이 상을 탔어요. 동우 대단하지 않아요?"
"엄마, 별것 아니에요."
"와, 아들 대단한데 잘했어. 그런데 아들 놀 시간도 없이 학원에 다녀야 너무 힘든 것 아니냐?"

"아빠! 다들 그렇게 공부해요. 어쩔 수 없어요."

오랜만에 함께 저녁밥을 먹으면서 동우는 학교 수업 외에 수학학원, 영어학원, 태권도학원을 전전하면서도 일요일이면 친구들과 도서관을 가는 아들이 너무 일찍 생존 경쟁을 하는 것 같아 안타깝다. 승원은 아들을 칭찬하면서도 서영이 생각을 멈추지 않았다.

"여보. 당신 그 늘어진 티셔츠 좀 버릴 수 없나? 그 바지는 지겹지도 않아?"

"왜? 집에서 입기 편한데 깨끗하게 빨아서 잘만 입고 있는데 무슨 불만이야?"

아내는 새삼스럽게 입고 있는 옷차림에 핀잔을 주는 남편을 쏘아보았다. 서영은 일이 끝났을 것이다 서울에서 사나? 아니면 양평? 혼자 산다면 전원주택에 살기는 불편할 텐데 아파트에서 사나? 왜 혼자라고 생각되지? 아내가 있는 집에서 그녀를 생각하다니 승원은 화장실로 들어가 세수를 하고 거울을 보았다. 아직 내 모습은 그런대로 괜찮은 것 같다.

서영은 그 사람이 앉아있던 그 자리에 앉았다. 잊고

싶어도 잊을 수 없었던 사람을 언젠가 우연이라도 꼭 만나고 싶은 사람이었다. 강 너머 산언덕에서 어둠이 내려오고 강변도로의 가로등이 하나둘씩 불이 켜지고 불빛은 강물 위에 너울거리며 춤을 췄다. 서영은 유리창에 비치는 한 여자를 보고 씁쓸하게 미소를 지었다. 다른 사랑을 하면서도 늘 승원을 생각했었다. 사랑한다는 남자와 처음 관계를 할 때의 고통과 희열을 느끼면서 이렇게 부서질 것을 왜? 그때 승원에게 주지 못했었는지 후회를 했다. 서영은 나를 좋아하는 사람은 만났어도 내가 사랑하는 사람을 만나지 못했다. 사랑해주는 사람이 있어도 그 사랑에 대한 믿음이 없었다. 서영에게 유일한 내 사랑은 승원이었지만 아픈 기억이 동반되었기 때문에 잊어야 할 사람이었다.

오래전 어느 봄날에 승원을 만났다. 다닥다닥 붙어 있는 집들 사이에 계곡같이 좁고 긴 언덕길에서 그를 만났다. 바다를 보고, 하늘을 보고, 밤이 되기 전에 헤어지고, 학교 수업이 끝나면 또 우리는 만났다. 불편한 것도 딱히 없는 익숙한 생활이었지만 서영은 마치 물 위에 뜬 부레옥잠처럼 고아를 후원하는 윤 회장의 집에서 살고 있었다. 서영에게 승원은 세상에서 제일 좋아하는 사람이었다. 윤 회장 댁에는 승원보다 나이가 더 많은 두 오빠가 있지만. 윤 회장 사모님은 두 아들에게 오빠라고 부르는 것을 허락하지 않았다. 그래서인지 서영은 습관처럼 승원에게도 오빠라고 부르는 것이 익숙하지 않았다.

어제 불던 바람이 오늘 부는 바람이 아니듯이 모든 것은 지나갔다. 그러나 승원의 눈빛은 또 다른 무언가 시작될 것 같은 예감이 서영은 두렵다.

"뭐야? 웬일이래? 이런 날도 있고 당신 혹시 어디 아픈 건 아니지?"
아내는 자기 생일도 그냥 넘어가는 어지간히 무덤덤한 여자다.
"어머나! 이 비싼 향수를 어머! 아이크림도?"
아내는 감동했는지 눈을 껌벅거리면서 향수와 아이 크림을 보며 미소를 지었다. 아내는 동우를 낳고부터 산후 우울증으로 무기력한 생활을 하고 난 후부터 달라졌다. 살가운 여자는 아니더라도 남편을 지극히 믿어주는 여자라는 것은 틀림없었다. 승원은 서영을 만나고 있는 것에 대한 일말의 미안함 때문인지 아내를 위한 선물을 서영의 향기와 같은 향수를 골라 아내에게 선물을 했다.

"당신 생일인데 미역국은 끓였어?"

"미역국 안 먹으면 어때 콩나물국 먹으면 됐지."

새벽 물안개가 면사포처럼 덮인 강변도로를 달리면서 또다시 서영을 생각했다. 목울대에 넘기지 못한 무언가 목구멍에 걸려 있듯이 먹먹하면서 그녀가 몹시 보고 싶어졌다. 서영을 사랑하지만 이루지 못한 것도. 다시 만난 것도 우연이라고 생각하기에는 가슴이 뛰고 있는 것을 의지대로 멈출 수 없었다. 그녀를 만나야만 할 것 같다. 오늘 그리고 내일도 아니 매일 그녀를 봐야 할 것만 같았다.

"좋은 아침! 일어났어?"

"아침부터 왜? 전화했어요?"

"출근하는 중이야. 그냥 생각나서 오늘도 수고해."

"운전 중에 전화하지 마세요."

승원은 긴 한숨을 쉬면서 미소를 지었다. 목소리만 들어도 행복했다. 승원은 서영에게 어떤 행동도 할 수 없다는 것을 알기 때문에 지금 이대로 그녀를 볼 수 있기를 바랄 뿐이다.

1997년 가을 서영을 마지막으로 보았고 해군을 제대하고 그녀가 어디서 어떻게 지내는지 알 수 없는 시간을 보내면서 그녀의 흔적을 미친 듯이 찾아다녔다. 대학을 졸업하고 직장 때문에 어머니와 함께 있을 수 없는 상황에서 어머니는 세상을 떠났다. 승원은 어머니의 임종을 보지 못한 것이 슬픔은 더욱 깊었다. 어머니의 장례를 치르고 더욱 외로움으로 서영은 유일한 그리움의 대상이었다. 어머니는 평생을 원양 어선 항해사인 남편을 기다리며 살았다. 짧으면 3개월 길면 6개월 만에 육지에 오는 마도로스 아버지처럼 승원의 장래 직업도 항해사였다. 아버지가 집에 오는 날은 구수한 음식 냄새와 형광등 불빛이 유난히도 밝아 보였다. 아버지의 낡아버린 회색빛 구제 제복과 아버지가 해군 복무 때 쓰던 오래된 모자를 집에 올 때마다 쓰고 들어와 승원의 머리통에 맞지도 않는 염분으로 누렇게 탈색된 마도로스 모자를 머리에 씌어 주었다.

적당한 키에 단단한 근육이 있는 아버지는 참치 잡는 어선의 항해사보다 고래 이야기를 많이 했다. 대왕고래, 돌고래, 혹등고래, 향유고래, 밍크고래 등 아버지에게 고래는 세상에서 제일 강하고 멋진 놈이었다. 고래가 얼마나 영리한지 정어리 떼가 몰려다니는 곳에 나타나 커다란 아가리만 벌리면 입속으로 많은 정어리가 들어가 어느 정도 뱃속이 채워지면 아가미로 바닷물을 빼버리는데 운이 좋은 정어리는 그 순간 빠져나간다. 고래는 지느러미를 날개처럼 힘껏 치면서 거대한 몸이 물 위로 솟아오르고 점프하는 모습은 세상에서 제일 아름답다고 아버지는 서투른 그림 솜씨로 고래가 높이 점프하는 모습을 그리며 설명을 해주었다. 승원은 아버지를 생각하면 즐거우면서 반면 어머니가 정성스럽게 음식을 차려주고 묵묵히 남편과 아들의 대화 속에 함께하지 않았다 마치 아버지는 바다에서 온 왕이 되었고 어머니는 시종처럼 조용히 아버지가 무엇을 원하는지 습관된 것처럼 완벽하게 알고 있었다. 승원은 아버지처럼 항해사를 꿈꾸며 해양고등학교를 졸업하고 수산대학엘 가려고 했었다. 그해 가을, 속이 더부룩하다며 잠시 항해를 멈추고 병원을 찾았던 아버지는 암으로 뽀빠이 같은 근육은 사라지고 육지보다 바다를 더 좋아하고 고래를 사랑한 아버지는 새털구름이 바람에 흘러가던 가을날 세상을 떠났다.

바다가 보이는 언덕 꼭대기 작은 집 마당에는 평상이 있었고 구석진 자투리 땅에 쓰레기를 태우는 커다란 빈 드럼통이 있었다.

"승원아, 이 모자는 네 모자가 될 수 없다. 네 아버지는 죽어서도 고래를 보러 갈 사람이다."

 어머니는 벽에 걸린 항해사 제복과 마도로스 모자를 빈 드럼통에 넣고 태웠다. 뽀얀 연기가 바람을 타고 하늘로 날아갔다. 어디서 날아왔는지 동백나무에 앉아 지켜보던 하얀새 한 마리가 푸드덕 날아갔다. 어머니는 바다로 날아가는 새를 보며 아버지의 영혼이 날아가는 것을 배웅하듯이 휘이 휘이 손을 흔들었다. 어머니는 아버지를 사랑했지만. 아버지는 바다와 고래를 더 사랑했던 것은 아니었을까?

 서영을 만난 것은 아버지가 떠난 뒤 그 무렵이었다. 단발머리 소녀는 헐렁한 청바지에 남방셔츠를 입고 골목 언덕을 내려오다가 승원과 처음 마주쳤다. 소녀가 궁금했다. 그 소녀가 어느 집에 사는지 뒤를 따라가 보면 소녀는 어느새 보이지 않았다. 어느 날 승원의 집 뒤 제일 높은 곳에 그녀가 두 무릎을 세우고 앉아서 올라오는 승원을 내려다보고 있었다. 슬픔 표정도 아니고 그렇다고 해 맑은 표정도 아닌 흑백 사진처럼 움직임이 없이 앉아 있었다. 승원이 그 옆에 앉았다. 그렇게 승원과 서영은 친구가 되었다. 승원은 고래를 보는 것을 포기하고 건축 토목과 학생이 되었고 2년 뒤 서영은 영문과 학생이 되었다.

한동안 승원은 카페에 오지 않았다. 서영에게 전화도 하지 않았다. 매일 매 순간 서영을 생각하는 것이 적절하지 않다는 생각으로 2주 동안 본사로 출근하면서 서영을 생각하는 마음에서 벗어나 보고 싶었다. 가끔 현장에 출근해도 퇴근 후에 갈 수 있는 카페를 가능한 서영을 잊으려고 노력해 보았다.

초여름의 햇살이 물 위에 반짝이고 있었다. 멀리 수상스키를 타는 사람들이 물을 가르고 지나갔다. 승원은 반복적인 기억이 떠오르면서 서영과 언덕에 앉아 바다를 보던 그때 그날에 머물러 있었다. 온몸에 피가 짜릿하게 역류하고 있었다. 부정할 수 없는 사랑이다. 그때도 가끔 그랬었다. 깊고 푸른 곳에 잠들어 있던 무언가 꿈틀거리며 수면 위로 올라갈 기세다. 지나간 흔적들을 사랑한다는 것은 아픔이고 고통스러운 날들을 기억해야만 했다. 그 사랑은 멈춘 적이 없었다. 다만 심장 깊은 곳에 숨어있었거나 긴 잠을 자고 있었을 뿐이다. '아내가 있고 아들이 있는 남자가 무슨 생각을 하는가?'라고 반문하지만 사랑은 이성과 지성이 속박하고 있는 것에서 이미 벗어나 있었다.

승원은 긴 한숨을 쉬며 잠시 멈춘 자동차 유리문을 내렸다. 강변 도로의 나뭇잎들이 한여름의 게으른 햇살에 지쳐 힘없이 늘어져 있었다. 사람들은 강가 벤치에 앉아서 저녁노을을 기다리고 있거나 뛰며 운동하는 사람들과 천천히 걸으며 조금씩 불어오는 바람을 맞이하고 있었다. 서영의 카페 2층 발코니에는 흰색과 파란색의 파라솔과 테이블이 놓여 있었다. 그는 차창으로 발코니를 올려다보며 떠나지 못하고 있었다. 지나간 기억 속에 내 인생에 고래를 보는 희망을 바꿀 만큼 서영은 내 인생에 전부였다. 그리고 그녀로 인해서 살아야 하는 의미를 알았다. 그리고 죽을 만큼 아팠던 기억은 잔인했다.

멀리 한 여자가 맞바람을 맞으며 걸어가고 있었다. 아직도 승원은 그 여자의 뒷모습을 기억하고 작은 우연이라도 의미를 부여했다. 어깨 위에 걸쳐있던 머리칼이 바람에 날리고 있었다. 승원의 자동차가 지나가도 그녀는 무심하게 걸었다. 승원은 아스팔트 도로가 끝나는 강둑 풀밭에 앉아 그녀를 기다리고 있었다.

그녀는 분명히 여기까지 걸어올 것이다. 그때도 그랬다. 모래사장을 걷고 또 걷다가 더 이상 갈 수 없어 돌아오고 골목 언덕을 오르는 수많은 계단을 끝까지 올라가야 내려오는 여자다.

"무슨 생각을 그렇게 해?"

그녀는 승원을 보고 놀란 눈으로 숨이 멈춘 듯 서 있었다.

"어머! 언제부터 여기 있었어요?"

"그냥 지나가다가 아름다운 여자가 혼자 걸어가는데 기다려 본거지."

서영은 강둑을 걸으면서 승원을 생각하고 있었다. 그가 왜 오지 않느지 왜 연락이 없느지? 당연히 아내가 있다는 것을 알면서 서영은 그를 기다리고 있었다. 승원이 행복하게 살아가는 것 같은 모습에서 그를 향해 어떤 감정이 흐르고 있다는 것이 서영은 양심적으로 미안했다.

"살 좀 쪄야겠다. 바람에 날아갈 것 같아."

서영은 승원의 옆에 앉았다. 오랜만에 보는 미소를 머금은 도톰한 서영의 입술이 너무 아름다웠다. 서영은 처음 승원이 눈앞에 나타났을 때 다리에 힘이 풀릴 만큼 그를 다시 만났다는 것만으로 가슴 벅찬 일이었다. 승원이 변해있는 모습보다 그 눈빛을 보고 떨리는 심정을 애써 숨겼다. 다시 만나게 된 것이 행복하지만 두려웠다.

어떤 변명을 해야만 하나. 어떠한 연결 고리가 있어 이 사람을 다시 만난 것일까? 다시 그를 만나서 또 다른 아픔이 되는 것은 아닐까?

"너를 많이 생각했었어. 가슴이 아팠는데 언제부터인지 그 아픔도 내게는 행복이더라…. 그런 네가 내 앞에 있는데 믿어지지 않았어."

말없이 강물을 바라보는 서영이 그동안 어떻게 살아왔는지 알고 싶었다.

"나는 결혼해서 아들이 하나 있어 행복한 놈이지 서영이도 이렇게 다시 만나고."

승원은 가정 있는 남자니까 부담 느끼지 말라는 의도로 묻지도 않는 말을 했다.

"가정이있는 중년의 안정감이랄까? 행복한 모습이 보기 좋아요."

"그냥. 부족하지만 욕심 없이 살고 있는 거지 뭐."

서영은 이목구비가 뚜렷하고 수줍은 듯 미소를 보이던 그 모습 그대로 중후하고 건강한 몸집에 희끗희끗한 머리조차도 품위 있어 보였다. 또한 그의 부드러운 목소리는 그의 어깨에 기대어 바다를 보았던 생각이 떠올랐다. 세상에 유일한 내 편이었던 승원을 떠나야 했고 다시 만난 것이 운명은 아닐까? 의미를 부여하지만 깊어지는 마음이 어둠이 내려앉은 강물 속 같다.

"옛날처럼 되돌아갈 수는 없겠지만, 부담스럽게 생각하지 말고 난 그럴 수 있는데…."

승원은 혹시 서영이 부담 느낄 것 같아 감정을 보이지 않으려고 애써 담담하게 말했다.

"그렇게…, 했으면 해."

지난날을 기억하지 못하는 사람처럼 서영은 또 개망초꽃을 꺾어 강물에 던졌다.

"나. 어머니가 돌아가시고 내 곁에 아무도 없었을 때 너를 생각하면서 견딜 수 있었어. 너무 보고 싶어서 화가 나기도 했는데 어느 순간 생각할 수 있는 사람이 있다는 것으로도 네가 고맙더라. 그래서 버틸 수 있었어. 넌 내게 그런 사람이었어."

미안했다. 그러나 서영은 살기 위해 뒤돌아볼 수 없었다. 어느새 가로등 불빛은 강물에 떠 있었다.

"내가 힘들었을 때 어디선가 서영이도 힘들어하지 않았을까? 나보다 더 힘들고 외로울 수도 있겠다는 생각이 되더라."

승원의 목소리가 바람과 함께 공허하게 흩어졌다. 서

영은 알고 있었다. 떠나는 사람보다 남아 있는 사람이 세상에 혼자가 되었다는 것을 알았을 때 잔인할 만큼 명치끝이 도려내듯 아리고 고통스럽다는 것을 그 고통을 알고 있었다.

"집에서 기다릴 텐데…."

"아 괜찮아. 내일 우리 저녁 먹을래? 그래주면 좋겠는데? 그럴 수 있을까?"

그는 부탁할 때 거북이 목처럼 얼굴을 앞으로 내밀고 거절할 수 없게 말하는 습관을 버리지 않았다.

"내일? 그래요. 내일…."

승원은 내일 만날 약속한 것에 기뻐서 자리에서 벌떡 일어났다.

"태워다 줄게."

"얼마나 된다고 차를 타요? 넘어지면 코 닿을 거리인데."

얼마나 찾았던 여자였나? 어디서 어떻게 살아가는지도 모르고 만날 수도 없는 그리움을 가슴에 묻고 살았었다. 아침에 눈을 뜨면 서영이 그 이름부터 시작되는 하루였고 잠들기 전에도 그녀를 생각했다. 꿈도 희망도 목적도 없는 생활이었다. 그리움이 차곡히 쌓였을 때 아내 차미경을 만났다.

 승원은 직장에서 인정받는 성실한 직원으로서 관심 있는 여직원들의 인기가 많아도 승원은 관심이 없었다. 승원이 대리로 승진하고 회식이 있던 날. 평소 관심 있어 하던 여직원은 승원에게 축하주로 서로 술잔이 오가고 승원은 술에 취했던 날 운명으로 받아들여야 할 인생이 시작되었다. 서영을 그리워하는 만큼 온몸에 그리움이 덕지덕지 붙어 있던 승원은 차미경을 만나 밤새워 그리움의 딱지를 털어냈다. 사랑? 서영에 대한 사랑은 때로는 슬픔이고 때로는 분노와 고통이었다. 아내는 그 기억의 늪에서 건져준 여자이기도 했다. 사랑이 아니더라도 오감을 흔드는 쾌락은 순간적인 또 다른 사랑이라고 믿었다. 서영을 잊을 만큼 열심히 관능적인 쾌락은 승원을 행복하게 했다. 아이가 태어나고 아내는 심한 우울증이 왔지만. 여자에서 엄마가 되는 과정으로 생각했다. 승원은 아빠가 된 것에 자부심과 행복으로 가족의 울타리에 아이를 더 낳고 싶었다. 이렇게 사는 것이 인생의 표본이라는 지극히 평범한 삶에 만족하면서 세월이 흐르면 흐르는 대로 살아가는 것이라고 믿고 있었다. 아내는 찰랑거리던 머리가 푸석해지더니 여름날 허락도 없이 짧게 머리를 자르고 민승원의 여자보다 동우 엄마로 살아가고 있었다. 가끔 승원은 회식이 있는 날은 술을 마시고 뜨거운 열기로 신혼의 기억을 상기시키려고 아내의 품을 파고들지만 알 수 없는 외로움은 사라지지 않았다.

어떤 옷을 입고 어떤 구두를 신고 어떤 가방을 들어야 할까? 거울에 비친 모습이 생물학적인 관계가 전혀 없는 최성미 여사를 닮았다고 생각했다. 고풍스러운 장미목 식탁에 윤대성 회장님과 두 아들 민혁과 민규, 표정 없이 앉아 있는 최성미 여사 그녀는 차갑고 창백한 얼굴이지만 교양과 지성을 겸비한 아름다운 대성기업의 사모님이었다. 가끔 서영이 인사를 하면 한숨 한 번 길게 내쉰 다음 "음…, 너 많이 컷구나. 그래 공부 열심히 해라." 동정 어린 눈빛이거나 경멸의 눈빛이더라도 말 한마디의 관심에 감사했다. 가끔은 창백하고 우수에 찬 사모님에게 가까운 사람이 되고 싶었다. 어쩌면 엄마가 없는 어린 마음에 엄마가 되어 주길 바라는 마음이었는지도 모른다. 회장님 가족의 식사가 끝나면 서영은 도우미 아줌마와 밥을 먹었다. 사모님의 하루는 남편과 아들이 나갈 때 현관에서 마중하는 것이 하루의 시작이었다. 그녀는 서영이 함께 현관에 서서 배웅하는 것도 용납하지 않았다. 철저하게 내 가족이 될 수 없다는 것을 간접적으로 알려주는 것이었다. 서영은 4살 되던 해에 윤 회장 집에 들어 왔지만 어떻게? 왜? 이 집에 들어와 살게 되었는지도 모르고 이 집에서 사는 것만으로 어린 나이에도 감사한 마음으로 불평불만 없이 지냈다. 아무런 의문을 같지 않았다. 14살 여름이었다. 서영은 수업이 없는 날 즐겨 입던 연두색 원피스가 없어졌다. 아줌마가 시장에서 산 예쁜 옷이었다. 원피스는 누군가에 의해 갈기갈기 잘라서 쓰레기통에 들어 있었다. 아줌마도 무척 놀란 눈으로 사모님을 보고 아무 말도 할 수 없었다. 서영에게 교복 치마를 입고 학교에 갈 수는 있어도 집에서 절대 치마를 입지 말라고 했다.

그날부터 사모님이 무서워졌다. 마치 옷을 입고 있는 상태에서 칼로 옷을 자르듯이 움직이면 예리한 칼날에 베여 피가 흐를 것 같은 상상을 했다. 아줌마는 숙녀가 되어 가는 서영을 위해서 사모님이 그러는 거라고 말했지만 서영은 영악하게도 믿지 않았다. 그때부터 서영은 한여름에도 헐렁한 청바지에 셔츠를 입고 다녔다. 어느 날은 골목에서 민혁 오빠를 우연히 만나 함께 들어오는 것을 보고 사모님은 아들 민혁의 뺨을 매몰차게 때리고 경멸스럽게 서영을 보았다. 서영은 두려움에 몸서리를 치면서 방으로 들어가 문을 잠갔다. 그날 밤 장대비가 억수로 많이 내렸다.

서영이 레스토랑 문을 열고 들어서자 승원은 구석진 테이블에서 손을 흔들어 보였다.
"내가 조금 늦었나요?"
"아니야. 늦었다고 생각할 수 없어 기다리는 동안도 행복했으니까."
승원은 듣기 좋은 말로 조금 늦은 서영을 배려해줬다.
"왜 그렇게 예뻐? 서영이가 들어오니까 다들 쳐다보는 것 봤어?"
"누가요? 한 사람만 나를 보고 있었던 것 같은데요."
회색 니트로 된 원피스를 입은 서영은 웨이터가 의자를 내주는 자리에 앉았다.
"그럼 나만 볼 수 있는 오늘을 기념일로 정해야겠다."
그녀의 희고 가냘픈 손을 잡고 싶었다. 음식이 나오기 전에 웨이터가 백포도주 한 병을 들고 왔다.

"꿈만 같아. 우리가 이렇게 만나다니 흠…, 너무 좋다."

서영은 가정이 있는 승원을 만나는 것을 의식하지 않을 수 없었다. 자주 만날 생각도 없다. 의도적으로 만나면 누군가 불편해질 것 같았다. 살다 보면 예고 없이 찾아오는 일들도 일어나지만, 서영은 익숙하지 않은 일들을 두려워했다.

"의도적으로 자주 만날 필요는 없어요."

"무슨 소리야. 우리에 인연은 필연적인 관계이기 때문에 당연히 자주 만나야지."

승원은 포도주 잔을 내밀어 행복한 만남을 축배를 했다. 이렇게 만날 수 있어 행복하다고 내 인생에 제일 고마운 사람이었다고 서영은 말하고 싶었다.

"왜 그랬어? 왜 떠나야 했지?"

승원은 포도주 잔을 빙글빙글 돌리며 망설인 듯. 아니면 대답을 유도하듯 한 어조로 말했다.

"그때는 그래야만 했으니까요. 다 지난 일이고 오래된 일이에요."

"이유가 있었겠지? 하지만 나는 서영에게 사랑한다고 말하지 못한 것을 나는 후회했어. 어쩌면 그 말만 했었더라면 떠나지 않았을 수도 있지 않았나 생각도해."

"나는 그때 어렸으니까요. 내가 어떤 선택도 할 수 없었으니까요"

"그랬구나. 처음엔 원망도 했지만 지나고 나서 너에게 어떤 일이 있었는지는 몰라도 내가 너에게 해줄 수 있는 것이 아무것도 없었을 거라는 생각도 했어."

서영은 냉랭하고 우울한 집에서 먹고 잠만 자고 나오면 승원을 만날 수 있는 것이 행복했다. 그랬었다고 말하려고 했으나 왜? 우울했는지 또 다른 설명을 해야 한다는 것이 긴장된 집에서 소외된 아이로 살고 있었다는 것을 말할 수 없었다. 대학 2년 때 서영은 자신이 세상에 태어난 것이 불행 그 자체라는 것을 알았다. 가끔 행복했던 유일한 기억은 민승원 그 이름만으로 슬픔을 이겨낼 수 있었다. 그 사람을 다시 만났다. 누군가의 남편이고 아빠인 승원을 만나는 것은 또다른 누군가에게 불편을 줄 수 있었다. 하지만 서영은 피하고 싶어도 피할 수 없이 간절하게 이 순간을 떠나고 싶지 않다.

"나에게 너는 지워지지 않는 사람이었다는 것을 모르는 것은 아니겠지?"

"우린 그때 첫사랑인 줄도 모르고 함께 있는 것만으로도 즐거웠으니까."

그녀는 마신 포도주 때문인지 자신도 모르게 승원에게 말을 놓았다.

"서영아, 너를 다시 만나는 예감이라도 할 수 있었다면 난 너를 기다렸을 거야?"

"결혼도 못하고 궁상맞게 지금까지 싱글로 있는 모습이라면 이 자리에 나오지도 않았을 거에요."

한여름 밤 도심의 거리는 선선한 바람과 청계천의 물소리가 찰랑거리며 더위를 잊게 했다.

"내가 아팠던 만큼 어디선가 서영이도 아프겠지? 내가 즐거우면 서영이도 즐겁지 않을까? 그렇게 생각하며 세월을 보냈었지. 그러다가 아내를 만나게 되었던 것 같아."

승원은 아내를 만나게 된 것은 어떤 이유에 의해서 만났다는 의미를 부여하고 있었다.

"외로운 남자를 구제한 거였네."

"그런가? 그래 생각해 보니 그런 것 같아."

승원은 하늘을 바라보다가 긴 한숨과 함께 싱긋 미소를 지으며 고개를 숙였다.

"나는 내 인생이 불행하다고 생각했는데 지금 생각하니 그런 것만은 아니었어. 시계의 초침이 찰칵 찰칵 매

순간이 지나가고 있는데 붙잡을 필요는 없잖아. 좋거나 나쁘거나 올 것은 오고 갈 것은 지나가니까 시간이 지나가는 것을 기다리며 살았던 것 같아."

"보이지 않는 곳에서 우린 공생하면서 시간에 맡기고 살다 보니 우린 다시 만난 거네요."

"살면서 아무도 미래를 예측할 수 없지만. 막연히 우리는 함께 일거라고 내 잠재의식 속에 믿고있었던 것 같아."

승원은 책임질 수 없는 현실을 인정하면서 젊은 날 서영이 채워 준 행복을 누린 값은 너무 가혹했지만. 그 기억마저 소중했다. 그는 마치 잃어버렸던 일부를 찾았다는 기쁨을 느끼고 있었다.

"참 좋은 사람이야. 지금 내 옆에 있는 남자, 책임감 있는 사람. 지금도 그렇겠지?"

서영은 승원을 위해서 의도적으로 감정에 빠져드는 것을 차단하고 있었다.

"물론이지. 나는 항해사가 되어야 했어. 고래를 보러 갔어야 했었는데…."

그랬었다. 고래를 보러 갈 거라고. 아버지처럼 항해사가 될 거라고 했었다. 그랬던 승원은 서영을 만나서 건축 토목과로 전공을 바꾼 것이었다.

"지금 만족하지 않아? 후회해?"

"후회? 가끔 그런 것도 같고 아닌 것도 같고…."

그는 서영을 만나 고래를 보러 가는 것을 포기한 것이라고 말하지는 않았다. 바람에 날린 머리칼에서 향긋한 냄새가 승원의 코끝을 스쳤다. 승원은 말없이 어두운 밤하늘을 보았다.

"이제 가. 기다리는 사람도 생각해야지."

"괜찮아. 회사 일로 자주 늦게 들어가는데 뭘 늦으면 늦는가 보다 하는 사람이야."

"내가 불편해서 그래 이제 가는 것이 좋겠어."

서영은 보이지 않는 감정들이 움직이며 다가오는 것을 직감하고 있었다. 그 느낌은 자신이 구차스럽고 초라해지는 모습을 보이는 것 같았다. 승원은 자리에서 일어났다. 이대로 집으로 갈 수 없이 미묘한 생각들이 엉키고 있었다. 승원은 혼자 술을 한잔 더하기 위해 호텔 라운지로 들어가 위스키를 마셨다. 다시 가슴이 뛰는 것은 내게 사랑이 남아 있는 것이다. "나로 인해서 누군가 불편해지는 것을 원치 않아. 나쁜 여자 만들지 말고 집에 들어가."

서영의 목소리가 귀에 남아 있었다.

"젠장! 가라고? 그래 넌 날 밀어내도 난 이미 너를 다시 만났어. 너는 내 곁에 늘 있었던 거야."

승원은 위스키를 마시면서 듣는 이도 없이 혼자 말을 곱씹어 생각했다.

"바다로 갔어야 했어! 깊고 푸른 바다로 고래를 보러 갔어야 했다고."

"손님 괜찮으세요?"

무슨 생각을 하는 것인가? 빈 술잔에 남아 있는 얼음 조각 하나를 입에 넣고 깨물었다. 서영이, 서영이가 왔다. 서영이가 왔다고…. 술에 취해 알 수 없는 말을 하는 승원에게 바텐더는 대리 운전기사를 불렀다.

"술과 원수졌어? 무슨 술을 걷지도 못할 정도로 마셔? 아예 술독에 들어갔다 나오셨군."

아내 미경은 현관문을 제대로 열지 못하는 승원의 모습을 팔짱을 끼고 벽에 기대어 한심한 보았다.

"그래, 마셨지. 나를 기다렸어? 왜? 나를 사랑해서?"

승원은 나를 사랑 하느냐고? 대답을 듣기 위한 것은 결코 아니었다. 아내는 사랑한다고 말을 하지 않아도 나를 사랑해서 선택한 것이라는 것을 알기 때문에 더러는 내 선택이 아니었다는 것을 술에 취해 속내를 보이는 것이었다. 아내는 주말부부로 지방에 근무할 때 사랑하기 때문에 믿는다고 당연한 것 아니냐고 했다. 그런 아내에게 승원은 자신에게 묻고 싶었는지도 모른다. 아내를 사랑하느냐고? 내가 당신을 사랑하고 있는 거냐고?

 봄 바람을 타고 실비가 내리면서 담장에 남아 있던 개나리꽃이 별처럼 떨어졌다. 병아리 같은 노란색 원피를 입고 말 머리를 단단히 묶어서 튀어나온 이마가 반질반질한 아이가 대성기업 윤대성 회장 모친의 손을 잡고 들어 왔다.
 "아줌마! 이 아이 씻기고 뭐라도 먹여요."
 반 백발의 머리를 뽀글뽀글하게 파마를 한 작은 키에 다부진 몸집의 회장 할머니가 아주 당당하게 승리한 사람처럼 작은 아이의 손을 놓으며 아줌마를 불렀다. 병아리 같은 아이는 신기하게도 낯가림도 없이 울지도 않았다. 최성미 여사는 시어머니의 목소리를 듣고 방문을 열고 나오려던 참이었다.
 "마산댁, 시원한 냉수 한 잔 줘."

냉수 한잔을 마실 때 며느리가 부스스한 모습으로 방문을 열자 시어머니는 며느리를 다시 방으로 밀며 들어가 문을 닫았다.

"아주 영악한 년한테 걸렸더구나. 뭐? 서로 사랑해서 낳았다고 홍! 그런 년이 애새끼 낳아서 지 손으로 키우지도 못하고 남의 손에서 키우게 했겠니? 애가 불쌍하지."

"고모님은요?"

"영악한 고년하고 말싸움에 지쳤는지 그냥 집으로 갔다."

시어머니는 며느리에게 아들의 불륜녀와 만나고 온 것을 긴 한숨을 토해내며 이야기를 했다. 윤 회장 모친은 아들의 잘못을 대신해서 이혼만은 막아보려고 수단과 방법을 다 동원했다.

"젊은 년이 가정이 있는 유부남을 만나 가정을 파탄 내면 네 앞날은 행복할 줄 알았니? 그래서 애까지 낳았어? 남이 먹던 것 뺏어 먹으면 그 행복이 네 것이 될 줄 알았더냐? 네 부모나 네 언니가 있다면? 물어봐라. 네가 무엇을 잘못했는지 알아?" 윤 회장 모친은 아들의 내연녀에게 모진 말을 퍼부었다.

"내가 사랑해서 만난 사람인데 부모형제한테 물어보고 사랑하나요? 물어보고 애 낳아요? 당신 아들이 나 좋다고 하는데 왜 좋은지 회장님한테 물어보셨나요?"

"아이고. 말도 마라. 나이 어린년이 세상 물정 모르고 유부남 애를 낳고도 당당하게 대드는 것이 기가 막히더라 어린 년이 무슨 잘못이 있을까? 생각하면 윤 회장 잘못이 더 크지 않겠나? 싶다 가도 우리 아들은 외도할 위인이 못 되는데…. 그나저나 이제 끝냈다."

감정이 느껴지는 대로 절제 없이 남자가 지켜야 할 도리를 어기고 관습을 지키지 못한 윤 회장을 탓하지 않고 수시로 찾아와서 여자 만을 탓하 데 서유라도 지쳐있었다. 아내 최 여사는 남편이 바람나 애까지 낳아 이혼녀가 된다는 것은 자존심이 허락하지 않았다.

"내가 애 낳고 싶어 낳은 것 아니에요. 사랑하니까 아이가 생긴 거고 나 혼자 애 만든 것 아니라고요? 나 좋다고 온 사람인데 내가 왜? 나쁜 년인가요?"

최 여사에게도 당돌하게 대들던 서유라를 충분히 알고 있었다.

"애를 돌보던 아줌마가 그러더라 애엄마가 어려서 그런지 주말에만 와서 애를 보는데 애엄마보다 애 봐주는 아줌마를 더 따른다고. 애는 순하다고 하더라."

시어머니는 아들이 낳은 핏줄이라 그런지 아이를 불쌍히 여기고 있는 듯했다.

"아이고 고 여우 같은 년이 물주 잡았다 했겠지. 새파랗게 젊은 년이 왜? 우리 아들을 꼬드겼겠니? 민규 아비가 어쩌다 여우한테 물렸다. 생각하고 이제 다 끝났으니 네 몸이나 잘 챙겨라."

서유라가 낳은 아이를 받아들이기로 한 것은 최성미의 선택이었다. 남편을 만나 꿈 같은 사랑을 했고 두 아들을 낳고 가정과 남편의 사업을 함께 일구었다. 이혼? 생각하면 더럽고 치욕스러워 이혼하려고 했지만. 이혼은 상간녀가 바라는 것이다. 사랑은 이미 끝났어도 두 아들을 위해서 남편을 용서할 수 없어도 놓아줄 수는 없었다, 최 여사는 아이를 받아들인 것은 일종의 배신감과 수치심을 안겨준 남편과 서유라에게 보복이었다. 내 것을 지키는 방법은 서유라와 남편이 만든 증표를 소유해야 했다. 평생을 미움과 증오로 살게 되더라도 자존심이 쓰레기처럼 산산이 부서진 모습을 누구에게도 보이고 싶지 않았다.

"밉겠지? 나도 시어머니 이전에 여자란다. 네 마음을

왜? 모르겠니. 용서한다고 용서가 될 수 없다는 것도 알아 하지만 어쩌겠니? 잘 참아줘서 고맙다. 그리고 아이는 아줌마가 알아서 돌보도록 할테니 눈에 거슬려도 참아라. 그래야 네가 이기는 거다. 그리고…, 다시 말하지만 아이는 먼 친척 아이인데 고아가 되어 입양한 거로 하자. 넌 아들만 둘이니 누가 들어도 이상하게 볼 사람은 없다."

시어머니는 며느리의 손을 잡아주었다. 그렇다고 고통이 끝난 것은 아니다. 아들의 불륜으로 태어난 아이를 보고 살아야 할 며느리의 심정을 알 것 같아서인지 그동안 서유라를 만나 협상을 하면서 온갖 욕설을 다 퍼부었다고 했다.

"감히 지가 낳은 핏줄이라고 찾아오지도 못할 거다. 그년도 유부남 애를 낳았다는 것이 떳떳지 못한 것을 아는지 애 있는 것을 숨기기 위해서 위탁해서 키웠더라 아주 영악한 년이더라."

그렇게 최성미는 남편과 서유라의 딸을 보며 살게 된 것이다. 어린아이에게 무슨 죄가 있겠는가? 하지만 최 여사의 심리적 갈등은 아무도 모르게 커지고 있었다. 낯선 이방인도 한집에서 살다 보면 정이 들게 마련인데 최 여사는 눈앞에 있는 귀여운 소녀의 모습을 바라보면서 안

아줄 수도 미워할 수도 없었다. 아이는 예쁜 모습으로 성장했고 내 집에서 먹고 자란 아이라는 기쁨도 잠시 그 엄마에 그 딸이라는 것을 부인할 수 없을 만큼 닮아가고 있었다. 최 여사는 눈에 보이지 않는 배신의 상처는 새살이 돋기도 전에 다시 덧나서 곪고 있었다. 서영의 예쁜 얼굴을 볼 때마다 남편은 저 아이의 모습에서 서유라를 기억할 것이다. 최 여사는 점점 히스테릭한 질투와 경계심을 야금야금 키우고 있었다.

숙녀가 된 서영이 생리를 시작하고 부터 최 여사는 병적일 만큼 집착했다. 밤이면 서영의 방문을 열어보고 안쪽에 잠금장치를 누르고 문을 닫아주고 잠자리에 들었다. 늘 청바지에 셔츠를 입게 했고 수업이 끝나고 집에 오면 밖에서 회장님을 만났었는지? 아들 민규를 만났었는지? 민혁을 만났었는지? 확인하고 남편이 출장을 가거나 모임에서 늦게 집에 들어 오는 날은 심각한 불안과 불면증으로 과민해 있었다. 서영이 대학생이 되었을 때 김 여사와 서영은 애증의 관계가 되어 있었다. 붉은빛이 도는 고풍스러운 장미목 식탁에 윤 회장과 아내 그리고 두 아들의 식사가 끝나면 서영은 습관처럼 혼자 밥을 먹거나 일을 끝낸 아줌마와 밥을 먹었다. 그렇다고 윤 회장네

식구들이 서영을 외면한 것은 아니다 무관심한 것 같아도 서영에게 부족함 없이 모든 지원을 해주지만 서영은 점점 불편함을 느끼고 있었다. 최 여사는 엄마 역을 하고 있었고 아빠 같은 윤 회장 그리고 두 오빠. 서영은 엄마라고 하지 못하고 아빠라 부르지 못하는 가족이었다. 어디서 어떤 이유로 이 집에 온 것인지는 몰라도 아무리 노력해도 가족이 될 수 없다는 것을 서영은 알고 있었다.

찬바람이 알싸하게 부는 시월 가을비가 지나간 뒤였다. 대문 옆 우뚝하게 서 있는 기둥 사이로 무게감이 느껴지는 철대문을 밀고 들어갔다. 정원의 나뭇잎들은 떨어져 쓸쓸하게 바람에 나뒹굴어 구석진 자리에 모여 있었다. 현관문을 열었을 때 거실에는 슬리퍼 한 짝이 들어와 있었고 오른쪽 구석을 차지하고 있던 장식장의 유리가 깨져 있었다. 유리창을 뚫고 들어온 가을 햇살이 흩어진 유리 파편들을 비추고 있었다. 낯선 풍경에 싸한 바람이 온몸을 스치쳤다. 두려움에 현관에서 아줌마를 불렀지만 아무도 없었다. 서영은 대문 밖에서 아줌마를 기다렸다.

"아이고 날씨도 쌀쌀한데 왜 나와 있어? 얼마나 있었던 거야?"

"아줌마 무슨 일이에요?"

"세상에 말도 마라. 사모님이 텔레비전을 보다가 정신이 돌았는지 닥치는 대로 던지고 부수고 힘은 얼마나 센지 귀신 들린 것처럼 말릴 수도 없더라."

고상하고 품위 있는 사모님은 오랫동안 우울증 약을 먹고 있었지만 그렇게 무서운 병인지 몰랐다. 거실의 깨진 유리 파편을 치우면서 아줌마는 쉬지 않고 그 충격적인 상황을 전했다. 보름이 지난 후. 사모님은 정신병원에서 퇴원하고 창백한 모습으로 힘없이 방에 누워있었다.

"당신은 알고 있었지? 서울 다녀온 것도 일 때문이 아니라 그 여자 때문이었겠지?"

"여보! 아니라고. 나는 그 여자가 어디 있는지도 몰랐어?"

"아주 당당하게 텔레비전 토크쇼에 나오던데? 그런데 당신이 모른다고? 난 절대로 안 줘! 못 준다고! 당신이 그년하고 날 비웃었겠지? 난 알아."

그날 집안을 박살내듯이 발작을 일으킨 것은 텔레비전에 서유라가 토크쇼에 출연한 것이었다. 윤 회장이 서유라를 만나게 된 것은 그녀가 방송국 리포터로 회사 탐방 인터뷰를 하면서 만났다. 인터뷰가 끝나고 친인척도 없는 지방에서 혼자 있다면서 가끔 연락해도 된다고 했던 것이 귀여운 젊은 여자와 밥 함께 먹을 정도의 즐거움이었다. 그렇게 시작된 관계는 연인 사이가 되었고 아이까지 낳아 평생 죄인이 되었다. 서영은 회장 할머니의 말대로 고아인 자신을 자식처럼 키워주는 것에 평생 감사해야 한다고 했기 때문에 아버지가 누구인지 어머니가 누구인지 알고 싶지도 않았고 관심도 없었다. 행운이라고 생각했다. 뚜렷하지 않은 잠재의식 속에 예쁜 여자가 있었고 할머니가 있었다는 흐릿한 기억이 있을 뿐이었다. 최 여사는 힘없이 하얀 얼굴로 알수 없는 눈빛으로 서영을 한참이나 쳐다보곤 했다. 늘 바쁜 윤 회장은 서영에게 전혀 관심이 없지만 어쩌다 마주하면 "공부 열심히 해라." 한마디뿐이었다.

1996년 가을 대성기업은 부도설이 돌기 시작했다. 윤 회장은 늦게 들어오는 것 뿐만 아니라 이리저리 부도를 막기 위해 집에 들어오지도 못하고 서울을 오가며 회사를 살리기 위해 노력하고 있었다. 최 여사는 남편의 회사가 어려워진 이유가 서유라를 만나고 있기 때문이라고 생각했다. 큰아들 민혁은 미국 유학 중이었고 둘째 아들 민규는 육군에 입대해 있었다.

금요일 승원을 만나고 평소보다 늦은 오후에 집에 왔을 때 또 싸우는 소리가 또 들렸다. 주방에 있던 아줌마는 서영을 보자마자 손을 잡고 서영의 방으로 밀어 넣었다.

"왜 부도가 나? 그럴 이유가 뭔데 당신이 그년하고 서울에서 살려고 계획하고 돈 빼돌린 것 아니야?"

"당신, 정말…, 나를 그렇게 불신하며 살았던 거야? 이제 지칠 때도 되지 않았나? 내가 어떻게 해야 믿겠어? 우리 회사만이 아니야! 세상이 어떻게 돌아가는지 좀 알고 나 살아!"

"흥! 내가 모를 것 같아? 당신 성격에 과연 애까지 낳은 년을 그냥 놔뒀을까?"

사실 윤 회장은 가끔 그 여자가 어떻게 살아가고 있는지 알고 싶었다. 귀엽고 사랑스러운 여자 매끄럽게 빛나는 살결만 만져도 온 세포가 요동치고 뼛속까지 희열을 느끼게 했던 여자를 잊을 수 없었다. 한집에 살면서도 아버지라고 할 수 없는 서영을 보면서 양심의 가책을 느끼지만. 아내와의 약속을 지키는 것도 서영을 위하는 방법이었다. 아내가 서영을 받아들이는 조건도 절대 생물학적 관계를 발설하지 않기로 약속했었다. 착하게 잘 자라준 서영을 보면서 아내에게는 상처지만 그 여자에 대한 도리를 하고 싶었다. 또한 처가의 도움도 받은 사업도 고맙고 아내에게 더 이상 상처를 줄 수 없어서 서영에게 눈길 한번 줄 수 없었다.

"당신. 서영이 보면서 그년 생각하지 않아? 누가 봐도 붕어빵처럼 닮았던데?"

"여보! 그만해! 그만하라고."

최 여사는 마음에 병이 깊은 만큼 악다구니를 쓰거나 교묘하게 남편을 자극했다.

"내 눈에 흙이 들어가도 절대 안 돼. 난 그 꼴 절대 못 보거든 내가 지금까지 빈껍데기로 살았는데 내가 키워놓고 뺏길 것 같아? 내가 왜? 이혼하지 않았는지 알아? 당신이 고년하고 딸까지 데리고 사는 꼴은 절대 볼 수 없어. 저 애 내가 붙잡고 있었던 거야."

"여보 내가 죄인이야 이제 나를 믿어 아무리 내가 미워도 너무 잔인하지 않아? 이제 그만해."

"잔인하다고? 당신이 내 속을 알아? 뭘 알아! 내 속을 갈기갈기 찢어서 빈껍데기로 살게 하고 당신은 그년 보는 심정으로 저 애를 바라보며 살았겠지."

"아이고 지 엄마를 꼭. 닮았어. 이다음에 커서 제 엄마처럼 인물 값 하게 생겼어."

언젠가 회장 할머니가 고모 아줌마와 비밀스럽게 하던 말이 생각났다. 최 여사는 약을 먹어도 24시간을 잠을 자지 않고 밤새 몽유병 환자처럼 집안을 서성이거나 찬바람이 부는데도 정원을 맨발로 걸어 다니더니 다시 병원에 입원하게 되었다. 대문을 열고 들어오면 현관에 튼튼하고 견고하게 서 있는 둥근 기둥은 차갑기 그지없어 손을 댈 수도 없고 집안은 썰렁하게 찬기가 느껴졌다. 늘 주방에서 구수한 냄새를 풍기며 요리를 하던 아줌마는 주인 없는 소파에 앉아 텔레비전을 보고 있었다. 서영은 해군에 입대한 승원의 주소를 알기 위해 편지를 기다리고 있었다. 회장님을 만난 것은 오후였다.

"착하고 잘 자라줘서 고맙구나. 너를 출가할 때까지 도와주고 싶었다. 미안하다."

회장님은 목을 가다듬고 한숨을 길게 내쉬고 말을 잇지 못하고 있었다.

"네 이모가 미국에 있었다. 이모한테 가서 공부하겠다면 보내주겠다. 너를 위해서다."

"네 가겠습니다."

"그리고 떠나기 전에 네가 병원에 한번 가 보기 바란다."

회장님은 미국으로 가라고 강압적인 것은 아니었지만 이미 정해졌다는 것을 알았다. 이모? 내 이모가 있다는 것을 처음 들었지만 선택의 여지가 없었다. 나를 위해 말해줄 사람은 아무고 없었다.

"세상을 살다 보면 어쩔 수 없는 일이 있는 거란다. 누구도 원망할 일은 아니다 원망한들 소용없는 일이니까. 너에게 주어진 것 들이라고 생각해라."

"감사합니다. 회장님."

"그래 손 한번 잡아봐도 되겠니?"

넓은 손바닥에 서영의 가느다란 손을 잡았다. 윤 회장은 모든 것을 상실한 듯 정리를 하고 있었다. 1998년 벚꽃이 필 무렵 봄바람이 유난히 차갑게 불던 날 서영은 한국을 떠났다.

민승원은 습관처럼 석양이 지기 전에 계단을 올라가

지정된 것처럼 창밖이 보이는 자리에 앉았다.

바람이 몰고 온 구름이 강물에 비치고 어둠이 내려오는 산 능선을 바라보았다. 그는 말없이 서영이 있는 곳에 잠시라도 함께 있고 싶어서 오는 것이었다. 그렇게 서영이 생각만으로도 마른침이 넘어갈 만큼 아쉬움에 목이 말라 있었다.

"오늘은 일찍 퇴근했네? 집으로 빨리 들어가지 왜 왔어?"

"내 자동차가 익숙한 도로를 가는데 어쩔 수 없었어."

"승원씨 위해서 하는 말이 아니라 나 나쁜 여자가 되고 싶지 않아서 그래?"

"나를 위해 나쁜 여자가 되어도 괜찮을 것 같은데 안 되나?"

승원은 피식 웃으면서 들고 온 신문을 펼쳤다. 걱정하지도 두려워하지도 말고 도망가지 말라고 승원은 말하고 싶었다. 사랑한다면 모든 것을 포기하고 선택해야 한다고…. 하지만 승원은 모험을 선택하기에는 도덕적 규범을 쉽게 저버릴 수는 없었다. 그렇다고 서영에게 어떠한 계획과 목적이 있는 것도 아니다.

"내가 잠시라도 너를 보고 가야지 내가 살아갈 수 있

는데 어떻게 하라고?"

"적당히 해! 나는 승원씨 가정을 지켜주고 싶은 사람이니까?"

"왜? 그렇게 피곤하게 사니? 너무 그러지 마. 현실을 인정하고 이성적으로 잘 견디고 있는데 자꾸 그러면 섭섭해."

서영은 함께하는 것이 행복하지만 보내야 한다는 것에 가능한 감정을 억제할 뿐이었다.

"저녁 먹으러 가자."

"싫어 그냥 집에 가. 곧 비가 내릴 것 같아."

"그래. 가야겠지? 그런데 이렇게 이별하며 살아가야 하는 건지 나도 모르겠다."

"지금 이대로 살아 더 욕심내지 말고."

"내게 주어진 삶이 너로 인해 바뀐다면?"

"아저씨! 정신 차리세요. 바뀔 것도 없어 자꾸 이상한 소리 하지 말고 그만 집에 가."

승원은 뒷모습을 보이면서 어깨에 걸친 채 손을 들어 보이며 나갔다.

"운전 조심하고."

서쪽 하늘이 어두워지자 '후… 두둑.' 빗방울이 떨어지기 시작했다. 아내는 알고 있는 것일까? 늦게 오든 일찍 집에 오든지 남편에게 "지금 왔어. 늦었네. 왜 늦게 왔어? 라고 단 한 번도 묻지도 따지지도 않는 무관심한 아내다. 잠자리에서도 아내는 불감중인지 건조중인지 알 수 없지만. 전혀 느낌을 주지 않는다, 돌아누워 서영의 생각만으로도 온몸이 희열을 느끼며 찔리는 양심으로 슬며시 몸을 돌려 아내를 바라보았다. 아내는 잠이든 것인지 잠자는 척 하는 것인지 알 수가 없었다.

"나야. 넌 내가 나타나지 않아도 궁금하지 않아?"
 카페 손님들의 목소리가 들려오는데 서영은 말없이 듣고만 있었다.
"너를 보지 않고 살아갈 수 있나 생각해 보았는데 영 살아가는 재미가 없다."
"누가 오지 말라고 했어? 날마다 오지 말고 가끔 들리라는 거지."
"그리우면 그리운 대로 만나고 사랑할 수 있으면 행복하지 않을까? 그것이 죄가 되더라도…, 그랬으면 좋겠어."
 비바람이 지나가고 매일 다른 노을빛을 따라 가로수

나뭇잎들도 화려해지고 있었다. 황금빛 노을이 너울대는 물 위로 석양이 눈부신 날 서영은 이 모습을 함께 볼 승원을 기다렸다. 강변에는 사람들이 산책을 하거나 벤치에 앉아 강 너머 하얀 갈대 꽃 무리가 바람에 흔들리는 모습을 구경하고 있었다.

"기다리는 사람이 있습니까?"

승원은 장난스럽게 서영의 등 뒤에서 속삭이듯 말했다. 서영은 미소를 지으며 돌아보았다 흔들리는 머리에서 그녀의 꽃향기가 코끝을 자극했다. 다른 사람들을 의식하지 않고 서영을 안아주고 싶었다. 아니 솔직하게 키스하고 싶고 이 여자를 품에 안고 싶었다.

"나가자. 나 배고파."

"집에 들어가서 마나님한테 해야 할 말 아닌가?"

"그러지 마. 난 서영이 너를 보면 배도 고프고 마음도 고파."

"참…, 농후한 중년이라서 그러는 건가? 어떻게 말을 해도 유들유들해?"

카페 근처 식당에 들어가 의자에 앉기도 전에 그는 소주부터 주문했다.

"운전해야 하자나?"

"오늘 술 마시고 싶어. 뭐…, 대리 기사 부르지 뭐."

승원은 서영의 잔에 술을 채우고 자신의 잔에도 술을 채웠다.

"산다는 것. 뭐 특별할 것 없어. 오늘 기분 좋게 지내고 내일이 오면 또 하루가 될 테니까."

"그래. 우리가 다시 이렇게 만난 것만으로도 우리 인생 괜찮은 거니까."

"서영아. 가끔 너를 위해 좋은 남자 만났으면 하다가 내 속에 못된 놈이 있는지 그 꼴을 상상하면 천불이 날 것 같아."

"못됐네…, 아저씨 정말 못됐어."

서영은 잔에 채워 진 술을 홀짝 마시면서 미소를 지었다. 한숨과 함께 작은 미소가 어떤 말이라도 할 것 같았지만 서영은 다시 빈 잔에 술을 따랐다.

"나는 태어나지 말았어야 했어."

서영은 술기운 때문인지 씁쓸한 미소를 지었다. 늘 차분하고 더러는 차가운 모습 뒤에 지나온 날들속에 어떤 일들이 있었다는 것을 승원은 느낄 수 있었다.

"힘든 일이 많았구나. 사람마다 세상에 태어난 이유가 있어 태어난 거야. 넌 지금 잘 살고 있는거야."

"그런가? 우리 너무 사랑하지 말자 그러면 나는 떠나야 하니까."

"그게 마음대로 되니? 네가 이렇게 아름답고 꽃으로 보이는데? 하…하…하하."

"나 유혹하는 거야? 관둬. 순간적 선택이 평생을 망칠 수도 있으니까."

"서영아. 인생은 물 흐르듯이 지나온 날들은 지나간 대로 다가오는 것은 다가오는 대로 사는 거야.

그게 순리야 피한다고 해서 내게 주어진 것들이 변하는 것도 아니야?"

그날 밤 승원은 대리 운전으로 가고 서영은 카페 사무실에서 잠을 자야 했다. 아무도 없는 강가에 가로등만 어두운 강물을 비추고 있었다.

서영은 최 여사가 입원한 병원에 도착했지만. 무슨 말을 해야 할지 고민했었다. 5층 신경 정신과 병동 입원실 환자 면회를 접수하고 30분을 기다리고 나서 하얀 유니폼을 입은 간호사를 따라 올라갔다.

"기분 어떠세요? 따님이 왔어요."

서영은 딸이라고 하지 않았는데 간호사는 당연히 딸로

생각했다.

"저… 왔어요."

힘없는 눈빛이었던 것은 약 기운 때문이었는지. 최 여사는 피식 웃으면서 가늘어진 눈으로 서영을 보았다.

"왜 왔어? 나 죽지 않아"

최 여사는 푸르스름한 핏기 없는 얼굴이지만 아직도 아름다움이 남아 있었다. 틀어 올린 푸석한 머리를 습관처럼 계속 쓸어 올리면서 가늘게 뜬 곁눈으로 힐끗 보면서 작은 목소리로 말했다. 서영은 순간적으로 언제 다시 최 여사를 만나게 될지. 어쩌면 다시는 만나지 못할 수도 있다는 생각으로 고마움을 전하고 싶었다.

"빨리 건강하셔서 집에 가셔야지요."

못 들은 척. 아니면 관심 없는 것처럼 더 이상 눈을 마주치지 않았다.

"저 미국 가요. 갔다 올 때까지 건강하셔야 해요."

최 여사는 말없이 하얀 손등에 돌출된 푸른 핏줄을 쓰다듬고 있었다. 순간 그녀의 표정이 바뀌고 무서울 만큼 노려보았다.

"어딜 간다고? 누구 마음대로 어디를 가 넌 갈 수 없어 못가 넌 절대 갈 수 없어."

별안간 서영의 팔을 잡아당겨 힘껏 벽 쪽으로 밀었다. 환자라고 할 수 없을 만큼 서영은 힘없이 바닥으로 고꾸라졌다. 서영은 몸의 반등으로 고꾸라지면서 머리를 들어 다치지는 않았다. 최 여사의 살기 띤 눈빛을 기억하고 있었다. 무서운 눈빛으로 입고 있는 옷을 예리한 칼로 그으면서 상처 난 피부에서 붉은 피를 미소를 지으면서 바라보던 상상이 현실이 될 것 같았다. 최 여사는 분노와 증오의 경멸하는 눈빛으로 보다가 어느 순간 스스로 지친 사람처럼 희미한 동공으로 먼 곳에 있는 사람을 보듯이 "잘가."라고 힘없이 말했다.

"내가 그렇게 미워요? 왜? 그렇게 나를 미워하나요?"

"흥! 가식 덩어리 넌 더러워 더러운 피를 가졌어. 네가 누구인지 너는 모르지 난 알아 알고 있어."

"여보!"

서영은 놀라서 뒤를 돌아보자 언제 들어 왔는지 윤 회장이 서 있었다.

"됐다. 이제 가거라. 얼른 나가."

"난 너를 용서하지 않았어! 내 피를 말려놓고 너희들이 잘될 것 같아?"

"여보! 그만해 그만하라고!"

여자 간호사가 다른 남자 간호사와 달려와 최성미의 팔을 붙잡았다. 간호사는 최 여사 팔에 얼른 주사를 놓았다.

"나쁜 년! 넌 어쩔 수 없는 더러운 피를 가진 년이야. 그래 날 배신하고 간다고? 나쁜 년!"

악을 쓰며 날카롭게 쏘아보던 눈빛은 힘없이 흐릿한 눈빛으로 서영을 보았다. 최 여사는 다섯 살 꼬마가 성장하는 것을 보면서 남편에 대한 증오와 서유라를 닮아가는 서영에게 지나온 상처가 독버섯으로 자라고 있었다. 김여사가 차가운 모습만 보였던 것은 아니었다. 어느 날 아침에 양팔을 좀비처럼 축 늘어진 채로 눈 가죽을 올리지 못해 겨우 아래만 보고 걸어와 물을 마시거나 거실 창가에서 멍하니 창밖을 보던 가여운 모습을 기억한다. 한집에 살면서 늘 미워할 수만은 없는 애증이었다. 최 여사가 가끔은 서영을 사랑스럽게 바라본다는 것도 알고 있었다.

서영이 처음 뉴욕에 도착했을 때 이모는 이미 오래전에 알고 있었던 것처럼 다가왔다.

"어머나. 어쩜 유라 젊었을 때 모습하고 똑같니?" 이모의 첫마디였다. 기억에도 없는 생물학적 엄마를 닮았다는 자체가 듣기 싫었다.

"생긴 것 봐라 인물 값하게 생겼지. 그 엄마에 그 딸이지 피는 못 속인단다."

언젠가 회장 할머니는 불편한 눈초리로 그렇게 말했었다. 서영은 영악하게도 어떤 말을 해도 이 집에서 살아갈 수 있는 것을 감사해야 한다는 것을 알았다. 내 인생은 그리 나쁜 것만은 아니라고 힘들게 살아온 것도 아니라고 어떤 상처되는 말을 들어도 긍정적인 소유자처럼 반응하지 않았어도 기억의 창고에 차곡차곡 쌓이고 있었다. 뉴욕 공항에서 다시 엔진 소리가 요란한 12인승 작은 경비행기를 타고 볼티모어 이모 집으로 갔다. 6개월을 아무것도 하지 않고 뽕잎만 먹는 누에처럼 텔레비전만 보고 있었다. 그리고 뉴욕에 있는 이모 딸 집에서 대학을 다녔다. 내가 누구인지? 이모는 서영이가 세상에 태어날 수밖에 없었던 이야기를 타인의 이야기처럼 하지만 서영은 아무런 반응을 하지 않았다. 그렇다고 하늘에서 떨어진 것이 아닌 엄마를 부정할 수 없지만. 그녀는 이제 알 것 같았다. 남편이 딴 여자와 낳은 딸을 한 집에서 커가는 모습을 보면서 받았을 정신적인 고통이 얼마나 견디기 힘들었을지 최 여사의 무감각 적인 모습들을 기억했다. 남편의 자식이라서? 아니면 서영을 키워야만 가정을 지킬 수 있었던 것은 아니었을까?

 그 여자, 서유라를 만났다. 언젠가 만나게 될 거라는 예상은 했다. 이모는 가끔 밑반찬을 들고 뉴욕에 오면 의도적으로 동생 서유라와 전화 통화를 했다. 의심할 필요 없이 수다를 떨면서 현제 상황을 말했다. 서영은 이모에게 한번 도 어머니에 관해서 묻지도 않았고 알고 싶지도 않았다. 어느 날 예고도 없이 이모는 그 여자와 함께 왔다. 딸을 만나서 기쁨의 눈물인지 어떤 기억 때문인지 눈물을 흘리며 멀뚱하게 서 있는 서영을 끌어안았다. 서유라의 슬픈 표정은 모성애가 점철된 모습이라고 믿고 싶지 않았다. 설령 믿는다고 해도 그 여자 인생에 끼고 싶은 생각은 추호도 없었다. 그녀는 아름답고 화려한 모습은 자신에게 지극히 충실한 여자였다. 타인처럼 아무런 감정을 보이지 않고 석고상처럼 서유라의 얼굴을 말없이 볼 뿐이었다. 궁금한 것도 없고 원망할 것도 없이 목소리조차 내지 않고 일주일을 한집에 있었다. 주로 저녁 늦게 자기 방으로 들어가 아침에 나갈 뿐이었다.

이모는 한 공간에 머물면서 어머니와 딸이라는 관계를 위해서 노력했다.

"그래. 너를 이해한다. 원망했겠지 왜? 이제 서야 엄마라고 찾아왔느냐고? 엄마 자격 없다고 하겠지. 그러나 넌 내 딸이라는 것을 부인할 수 없어. 그때는 그럴 수밖에 없었어."

어떤 말을 해도 들어야 할 의무도 아니고 듣고 싶지도 않았다. 서영은 불편함을 견디지 못해 집을 나왔다.

"잘자 내일 봐."

이불 속에서 보낸 건지 도둑고양이처럼 화장실 변기 위에 앉아서 보낸 것인지 승원이 보낸 카톡을 보고 서영은 실없는 미소를 지었다. 밤새 떠나지 못한 영혼들은 뽀얀 물안개가 덮인 강물 위를 떠돌기 시작했다. 아침이 되어 너울거리던 하얀 갈대숲을 지나 강물 위를 덮은 물안개가 사라지고 있었다.

가로수 나무들은 갈색과 주홍색 또는 여인의 빨간 입술처럼 오묘하고 황금빛 저녁노을을 닮아가고 있었다. 그는 당연한 듯 그 시간에 계단을 올라와 그 자리에 태양을 등에 지고 앉아 있었다.

그는 나를 위해서 존재하는 것이라고 믿고 싶었다. 그럴 것이다. 그는 변함없는 그 자리에 있었다. 너무 익숙해서 더러는 관심 없어 보이는 듯 카페직원에게 농담도 하면서 차를 마시고 간다는 손 인사만 하고 가는 날은 어김 없이 짧은 카톡을 보내는 남자. 승원은 내 인생은 내가 알아서 살아가고 있는 거라고 누구에게 든지 피해 주거나 상처를 주는 그런 사람은 결코 아니라고 내 울타리는 견고하고 안전하다고 내 가정을 지키면서 서영을 지켜 줄 수 있다고 자신하고 있었다. 그렇게…승원은 가질 수 없는 사랑을 하면서 의무적이든 충동적이든지 꿈틀거리는 욕망을 억제하고 아내와의 관계를 유지하려고 노력했다.

그러나 중년의 농후한 사랑 놀이는 가지고 있는 것보다 갖지 못한 것에 욕망은 더욱 꿈틀거리며 요동치고 있었다. 평소 같았으면 집으로 갈 시간 이었음에도 승원은 건축 잡지를 보면서 앉아 있었다.

"끝나면 술 한잔하자 기다릴게."

"그냥 집에 가."

그러나 잠시라도 함께 있고 싶었다.

승원의 자동차는 충무로를 지나가고 있었다. 서영은

자동차를 따로 타고 온 것을 후회했다. 승원의 집과 서영의 집은 정 반대되는 중간 지점이기 때문이었다. 소공동 호텔 라운지 바에는 젊은 남자 바텐더가 승원을 반가워했다. 도심의 야경은 마치 보석을 깔아놓은 듯이 불빛이 화려했다.

"오늘 특별한 날이라도 되는 거야? 소주나 맥주 한 잔 하면 될 것을 여기까지 왜 왔어?"

승원은 자신이 마시던 양주를 달라고 했다. 바텐더는 얼음이 들어있는 통과 물 그리고 마른안주를 가져왔다.

"오랜만에 분위기 있는 곳에서 마시니 술 맛은 괜찮지만 무슨 일 있어? 요즘 고민 있는 사람같아."

서영은 관심보다 술 마시러 여기까지 온 것이 불편해서 한 말이었다.

"아니. 아무 일도 없어 그저 내가 너한테 어떻게 해야 네가 행복해 할까? 고민할 뿐이야."

"왜? 내 모습이 외로워 보여? 아니면 가엾고 안타까워? 아니면 연약해 보여?"

"서영아, 그렇게 생각한 적 없어. 내 마음속에 넌 항상 너만의 모습이 있을 뿐이야 내게 유일한 사람이 너라는 것을 시간이 갈수록 더욱 느낄 뿐이야."

서영은 들고 있던 술잔을 내려놓았다. 예전엔 몰랐다. 승원을 만나면 그냥 좋았을 뿐이다. 한때는 사랑을 믿어 보았다. 만나고 헤어지고 괜찮은 남자를 만나 보았어도 부담스러워 다시 또 헤어졌다.

"서영아. 내 인생에 내 사랑이 끝난 줄 알았는데 다시 시작됐어. 이제 멈출 수도 없어."

"어쩌라고? 오랜만에 기분 괜찮은데 이상한 소리 그만해."

"아직도 이쁘고 젊은 나이에 왜 그리 무감각해? 혹시? 시집도 안갔는데 갱년기 아닌가? 하하하하."

"그렇게 놀리고 싶어? 나는 내 몸에 감정을 제어하는 장치가 있는 여자야 내가 원하면 언제든지 사랑할 수 있어."

"어. 이거 위험한데 나를 두고 사랑하는 사람 찾아 떠나면 나는…, 닭 쫓던 개 되는 꼴이 되는데."

"사랑? 사랑이 행복한 것만은 아니라고 생각해 불편하고 괴롭기도 하고 유치하기도 한 것 같아."

"유치하다고? 그건 사랑에 대한 모독이야."

승원은 소파에 기대있던 자세에서 허리에 힘을 주며 자세를 고쳐 앉아 서영의 얼굴 보았다.

"승원씨. 알고 있어? 자기는 지나간 사랑의 흔적을 붙잡고 있는 거야. 사실 그렇잖아?"

"흠,. 지나간 흔적이라고? 너를 향한 내 마음은 늘 진행형인데 넌 몰랐니?"

"잘 생각해봐. 과거의 흔적을 붙잡고 있는 것이 확실한데 현실을 인정하지 못하는 거라고."

"아직 넌 내 앞에 있는데? 너를 내 가슴 여기에 묻어두고 있었어. 나도 파내고 싶었어. 근데…, 파버리면 난 아무것도 없는 빈껍데기인데 어떻게 사니? 무슨 의미로 살지? 너를 다시 만나고 나는 매일이 행복한데."

"그래 그럼 매일 행복하게 살아. 하지만 난 충분히 나쁜 여자가 되었으니까."

두 사람은 서로 놀리다가 삐지고 웃고 장난스러운 시간은 쉽게 지나가고 호텔 라운지에 마지막 손님이 되어 있었다.

"우리 술 더 마시자."

그날 승원의 아내는 친정 엄마 생일이라고 아들 동우와 함께 여수 친정에 갔다.

"안돼, 그만 마시고 집에 가 기다리겠다."

이미 두 사람은 위스키를 충분히 마신 상태였다. 엘리베이터는 19층에서 멈추었다. 승원은 술 마시는 중에 이미 호텔룸을 예약했다. 창가 테이블 위에 냉장고에 비치되어있는 미니어처 위스키를 테이블 위에 꺼내 놓았다. 사랑은 살아있는 생물처럼 꿈틀거리며 본능적으로 쾌락을 갈망하고 있었다. 타오르는 뜨거운 입술과 욕망으로 분리됨을 용납할 수 없어 나신으로 멈추지 않는 샤워기의 물을 맞으며 키스를 나누었다. 사랑을 믿지 못하는 서영이 흐르는 물속에 눈물을 흘렸다. 사랑한 사람을 떠나야 했던 여자. 그녀로 인해 상실했던 날들이 이제야 다시 돌아왔다. 서영은 승원의 손끝이 닿을 때마다 모든 세포가 움직이며 심장이 뛰고 있었다. 어떤 밤이 지나간 것인지? 꿈처럼 영혼 깊숙이 스며드는 보이지 않는 느낌이 사라질까 두려워 아침이 될 때까지 서로를 꼭 안고 있었다. 승원은 한 번도 경험하지 못한 치명적이 전율이었다. 이것이 사랑이라고 서영의 귓가에 속삭였다.

"내 소중한 사랑을 지켜줘 내 사랑을 놓치고 싶지 않아."

승원은 잠자고 있는 서영의 머리를 쓸어 올리며 다시 가슴에 꼭 안았다.

"사랑해, 죽을 때까지 널 사랑해. 아니 나는 죽어서도 너를 사랑할 거니까."

"조금만 사랑해, 나 힘들어지니까."

서영은 이 현실이 꿈이 될 것 같아 눈을 감고 말했다.

"바보야. 사랑은 이유도 없고 무게도 없고 길이도 끝도 없어 멈출 수도 없는 거야."

"사랑하면 안 되는 것도 있어. 인간이자나 법이 있고 지켜야 할 윤리와 도덕있자나."

"아니야 우린 오래전부터 이어져온 사랑했던 사이야 우리에 그런 것은 해당되지 않아."

"정당한 것은 아니지. 죄가 아니라면 우리는 교활한 거야."

"쉿! 그만해. 그런 생각 하지마."

승원은 침대 커버로 온몸을 돌돌 말고 있는 서영의 맑은 이마에 키스하고 욕실로 들어갔다.

서영은 승원의 채취가 묻은 시트를 얼굴에 묻고 눈을 감았다.

서영을 낳은 서유라는 24살 때 앞날이 창창한 방송국 리포터로 대통령상까지 받은 대성기업 윤 회장을 인터뷰하던 장래 아나운서가 될 여자였다. 윤 회장과 비밀스러운 사이가 되었고 의도치 않은 임신을 했다. 사람들은 의도적으로 돈 많은 윤 회장을 유혹했다는 사회적인 편견 속에 윤 회장 모친의 조건을 받아들여야 했다. 서유라가 단순히 어리석은 무지에서 의도치 않은 임신이었을 것이라고 해도 누구의 잘못을 떠나 가정이 있는 남자가 외도로 아이를 낳았다는 것보다 사회적 통념상 지탄 받는 것은 당연히 재력가 유부남의 아이를 낳은 여자의 몫이었다. 한순간 태풍처럼 지나간 뒤 윤 회장의 아내 최성미는 남편의 외도로 낳은 아이의 성장을 고스란히 보면서 정신적 고통은 깊은 병으로 이어졌다. 서영은 세상에 환영받지 못한 아이였다.

"잘…, 잤어?"
승원은 어제의 황홀한 순간을 얼굴 가득히 간직한 모습으로 사랑스러운 눈빛으로 말했다.
"조심해, 자신을 책임질 수 있는 성인이야. 충동적인 육체적 쾌락이었을 뿐이라고."
"뭐? 뭐라고? 충동적인 육체적 쾌락이었을 뿐이라고? 헛…. 나 지금 충격받았어."
"그렇게 생각하라고 그래야 사회적 의무를 다하며 살아갈 수 있어 아버지로서 남편으로서 안 그래?"
서영은 냉정한 얼굴로 사랑이 아니라고 변명한다. 승원을 지켜주고 싶어서다.

"굳이 그렇게 말해야겠어? 너무 잔인하잖아?"

"응. 그래야 조금이나마 내 양심적 가책이 줄어들 것 같으니까."

"그러지 않아도 돼. 난 충분히 가장으로서 잘하고 있으니까."

"그건 자기 생각일 뿐이야. 다시 말 하지만 우리는 지나간 흔적들을 떠나보내지 못하고 있는 거야."

"그런 논리가 어딨어, 우리는 세상에 존재하면서 늘 마음은 함께 였는데 사람이 멈춘 적이 없었다고."

사랑은 보이지 않아서 막을 수도 없는 것인지도 모른다. 서영의 의식 속에 사랑은 아픈 것이고 상처를 주는 것이다. 보이지 않는 사랑은 바다 깊은 심해에서 잠자고 있었다. 너무 깊은 곳에서 긴 날을 기다려 왔던 사랑은 거대한 고래가 되어 지느러미를 펼치며 수면 위를 올라 온 것이었다.

승원의 아내가 집에 왔을 때 집 안은 깨끗하게 정리되어 있었다. 남편으로서 일말의 양심 때문이었는지 아니면 서영과의 지난밤의 행복한 기억 때문인지 식탁 위에 붉은 장미를 화병에 담아 놓고 음식까지 해 놓았다.

"웬일이야? 저 장미꽃은 또 뭐야? 정말 나를 위해서 저걸 산 거라고? 말해봐 뭐 잘못한 거 있어?"

믿을 수 없다는 듯이 남편의 눈을 바라보았다.

"당신 권태기 아니면 갱년기 같아서 집안 분위기를 만들어 본 거야."

"여보! 내가 아니고 당신이 그런 것 아니었어? 감정 없이 형식적인 말 그만해."

"당신. 내 성의를 너무 무시하네."

아내는 피식 웃으면서 싫지 않은 표정으로 아내는 깨끗한 집안 구석을 둘러보았다.

"윤서영 넌 행복해 보인다. 세상은 참 불공평해 네가 잘 사는 것 보면 아버지 사업망하고 엄마는 정신병원에 있는데 넌 나를 보면 무슨 생각이 드냐?"

윤 회장의 장남 민혁은 테이블 옆으로 비스듬히 앉아 다른 의자에 길게 다리를 걸치고 서영을 올려다보았다. 윤 회장은 서영의 유학비뿐만 아니라 회사가 파산하면서도 서영에게 넘어간 돈이 있었을 거라는 생각을 민혁은 하고 있었다. 그것은 사실이었다. 카페를 차릴 때 이모가 투자하겠다고 내놓은 돈이 윤 회장의 돈이라는 것을 나

중에 알게 되었다.

"그래도 아버지가 같은 내 동생인데 어쩌겠니? 그런데 왜? 나는 화가 나는 걸까? 아버지라는 인간이 우리 엄마에게 얼마나 심한 고통을 주었길래 아직도 정신병원에 있느냐고? 가정파괴 범들은 잘살고 있고 엿 같은 세상이지 안 그러냐?"

민혁이 잘살고 있다면 이렇게 가끔 나타나서 서영에게 악담을 하지는 않았을 것이다. 윤 회장은 망했어도 두 아들에게 앞날을 위해 나누어 준 재산은 어느 정도 있었다. 그러나 서영이 한국에 나왔을 무렵 어떤 이유에서인지 민혁은 이혼을 했다. 사업이 안돼서 이혼했거나 아니면 부부 사이의 문제가 있어 사업이 안됐거나 짐작을 할 뿐이다. 서영은 알고 있었다 어릴 때부터 무엇 때문에 누구 때문이 아닌 원망과 질타를 당연히 받아들여야 한다는 것을 오히려 자신이 원망과 질시를 듣고 나면 속이 후련함을 느꼈다. 그것은 모든 원인은 자신 때문이라고 인식했기 때문이었다.

사랑에 상처 받고 아파하던 최성미 여사가 세상을 떠났다. 산기슭 구릉지에 아직도 흰 눈이 남아 있었다. 메

마른 갈대꽃이 봄바람에 눈꽃처럼 바람에 날렸다. 때 이른 봄날 하늘은 차가운데 앙상한 나무 위에 빈 둥지만 남은 까치 집이 바람에 무너지고 있었다. 최성미 여사가 살았던 날 들은 고통이었다. 장례식이 끝나고 서영은 최성미 여사의 묘비를 잡고 눈물을 흘렸다. 세상에 태어나지 말았어야 했다. 고통의 씨앗이 나였음에도 증오 하면서도 사랑했다는 것을 알고 있었다. 사랑은 행복한 것만은 아니라고 더러는 슬프고 아픈 사랑이 더 깊은 사랑으로 가슴에 남는다는 것을…. 사는 동안 원망과 증오는 사랑이 아니었다면 아파할 이유가 없었을 것이다.

발코니의 국화꽃이 서리 맞으면서도 옹골지게 노란색이 주홍빛이 되면서도 생명줄을 잡고 있었다. 차미경은 움직일 때마다 몸이 무겁고 나른했다. 요즘 들어 남편에게 알 수 없는 느낌은 표현하기 어려운 초라하고 구질구질하고 묘한 것이었다. 남편과 아들이 벗어놓은 옷을 들고 세탁기에 넣으면서 남편의 옷에서 남편이 사준 향수를 아끼느라 써 보지도 않았는데 냄새가 났다. 아끼느라 사용한 기억이 없는 향수 냄새가 남편의 옷에서 남다는 것을 어떻게 생각해야 할까?

"오늘은 집에 일찍 들어가 나 할 일이 많아."

서영이 시큰둥하게 마치 귀찮은 존재인 듯 눈도 마주 보지 않고 말했다.

"뭐가 문제인데? 나는 늘 정시에 퇴근한 적이 없어 요즘 조금 일찍 퇴근해서 자기 얼굴 보고 가는 건데 왜 나를 밀어내는 거야?"

서영은 불안했다. 점점 더 대범해지고 있다는 것을 승원은 잊고 있었다.

"우리 적당히 사랑하자. 넘치면 버려야 한다는 말 명심해."

"우리나라 말인데 조금 묘하다. 행복도 적당히 사랑도 넘치지 않게 하라고? 그걸 어떻게 조절하지?"

승원은 고집 부리며 또 함께 저녁을 먹고 또 함께 침대에서 넘치는 사랑을 하고 퇴근했다. 가기 싫고 보내기 아쉬운 마음은 함께 살고 있지 않기 때문에 더욱 애절한 것이었다.

"우리는 함께 살아야 해. 우리가 다시 만난 건 운명이야 우리 사랑은 완벽해."

와이셔츠 단추를 끼우다 말고 침대에 기대어 앉아 있는 서영에게 다가와 가벼운 키스를 했다.

"자기를 다시 만났을 때 당신은 남에 남자였고 한 아이의 아빠였어. 그 모습 그대로 당신을 좋아했기 때문에 그 자리 그대로 있었으면 해."

"서영아. 내가 바람난 남자라고 생각하는 것은 아니지? 우리는 다르다는 것 몰라?."

"우리가 아무리 사랑해도 당신은 남에 남자야."

"남에 남자? 나는 와이프를 만나기 전에 너는 나였고 나는 너였어. 네가 어디서 숨을 쉬고 있던 우리는 함께 있었던 거라고 했잖아."

승원은 카페에 민혁이 찾아와 간접적인 스트레스를 주고 있다는 것을 알기 때문에 서영을 보호해야 하는 방법을 생각하고 있었다.

"당신 나를 위한다면 더 바라지마 적당히 해 자기가 자꾸 그러면 나는 떠날 거니까."

승원이 집에 왔을 때 아내는 발코니에 있는 화초 중에 일부를 거실로 들여 놓고 있었다. 아내는 남편이 들어와 무엇을 하거나 말거나 관심조차 주지 않고 화초를 가꾸는 취미를 가진 것이 어쩌면 다행스럽게도 승원은 이중생활을 돕고 있다는 생각마저 들었다. 거실을 지나 안방에 옷을 걸었다. 늘 아내와 잠을 자던 침대를 보았다. 거실에는 이 집의 가장이라는 흔적이 없었다. 소파가 있는 벽에 가족사진을 걸어 놓자고 언젠가 아내에게 말했었다. 아내는 벽에 못 질을 하는 것도 싫어할 만큼 깔끔한 성격이었다. 아들의 방을 보니 책상 위에 유일한 가족사진이 있어 그나마 아버지라는 가장의 흔적이 있을 뿐이었다. 승원은 멀뚱하게 그림자가 서 있는 것 같았다. 욕실에는 승원의 칫솔과 면도기가 있고 깔끔한 아내 덕분인지 어느 곳에서도 승원의 지문은 없을 것 같았다. 안방 문고리마저 지문이 덕지덕지 묻어 있기를 바라지만 문고리마저 차갑게 느껴졌다, 그렇다고 딱히 사이가 나빠서 싸울 일도 없이 늘 그렇게 변함없는 생활일 뿐이다. 과연 내가 이 집에 필요한 존재일까? 집에 있어야 할 의무가 있을까? 승원은 원목 식탁에 의자 하나가 없는 것을 알았다. 4개의 식탁 의자는 다 사용하지 않더라도 있던 자리에 있어야 했다.

"의자 하나가 없어졌네? 어떻게 했어?"

"다리가 부러져서 버렸어."

승원이 사용했던 의자였다. 승원이 앉아 있을 때 다리가 부러졌다면 엉덩이를 찍었을 것이다.

"내가 고쳐볼 건데 왜 버렸어?"

승원은 자신이 앉았던 의자가 버려졌다는 기분이 썩 좋지 않았다. 승원은 급하게 분리수거하는 곳으로 내려갔다. 목재 쓰레기가 모여있는 곳에서 의자는 쉽게 찾았지만 떨어진 다리 하나를 찾을 수 없었다. 가족이라는 울타리밖에 서 있는 것 같았다. 이제 아내는 부러진 의자처럼 남편에게 관심이 없는 것 같았다.

　햇살은 청색 강물에 반짝거리며 일렁이고 있었다. 차미경은 서영의 카페에서 커피를 마셨다. 카페에서 명암하나를 들고 나왔다. 차미경은 유난히 출장이 잦은 것에 의문을 품고 있었다. 남편에게 어떤 변화가 있다는 것은 쉽게 감지하고 있었지만. 카페 대표 이름이 윤서영. 남편이 애절하게 찾았던 첫사랑의 여자라는 것이 충격이었다. 남편을 처음 만났을 때도 그 여자를 기다리고 있었다. 눈길 한번 주지 않는 남자를 차미경은 수단과 방법을 동원해서 내 남자로 만들었다. 정신적인 감정은 중요하지 않았다. 육체적인 쾌락으로 시작된 사랑은 승원의 기다림을 끝내고 가정을 이루고 아들 동우를 낳았다. 정신적 사랑? 차미경은 믿지 않았다. 남녀가 사랑한다면 육체적인 교감이 먼저고 서로를 공유해야만 사랑을 이룰 수 있다고 자신 있게 사랑으로 이룬 내 가정은 믿고 있었다. 차미경은 아무 말도 할 수 없었다. 아들은 학원에 있었고 아무도 없는 집에 어둠이 스며들고 있었다. 벽에 붙어 있는 스위치를 모두 올리고 소파에 몸을 기댔다. 세상에 유일한 내 남자는 그 여자와 함께 있을 것이다. 아이를 낳고 서로를 믿으며 주말부부로 노력하며 살았다. 믿음이 과한 것인지 차미경은 남편과 누가 먼저라고 할 것 없이 잠자리에 관심이 없었던 이유가 자신에게 문제가 있다고 생각했다. 어쩌다 노력한 결과는 감정도 없이 남편의 생리적인 배설의 도구가 되어 줄 뿐이었다. 그때는 몰랐다. 남편이 그 여자를 포기하지 않았다는 것을… 자식 낳고 살면서 남편의 첫사랑의 그림자도 다 지워 질 줄 알았다.

미경은 거짓말이 늘어 가는 남편을 지켜만 볼 수 없었다. 그 여자를 만나야 했다. 여름날 나무숲에서 인생이 슬프다고 울어대던 매미가 빈껍데기로 잎진 앙상한 나뭇가지에 매달려 있는 꼴이 나와 같았다. 어쩌면 남편의 여자는 처음부터 내 남자였다고 생각할지도 모른다. 하지만 합법적인 내 남자라는 것을 그녀는 알아야 한다. 불법이든 합법적이든 소유로 논한다는 것이 허무한 말이지만 사랑했던 여자와 다시 만난다고 인정될 수 있는 것은 결코 아니다. 절대 용납할 수 없는 것이다.

윤서영 그녀가 들어오자 카페 직원들이 인사를 했다. 긴 머리를 들어 올리고 갈색 투피스 정장을 입은 아름답고 연약하고 착해 보였다. 알아서 어떻게 할 것인가? 어떤 답이 나올 것인가? 어떤 결과를 맞이하게 될 것인가? 대답은 이 여자가 할 것이 아니라 남편이 해야 할 것 같았다.

강물은 바람에 잔잔하게 흔들리고 있었다. 차미경은 분노가 온몸이 뜨거운 불길 속 같았다. 견딜 수 없어 강물에 뛰어들고 싶은 충동을 느꼈다.

승원이 현관문을 열었을 때 얼마 만에 맡아보는 냄새인지 음식 냄새가 식욕을 재촉했다.

'몇 시에 퇴근해?'

미경은 남편에게 오랜만에 카톡을 보냈다. 승원의 불규칙한 퇴근 시간 때문에 묻지도 않았던 아내의 카톡은 작은 양심이 흔들렸다.

"당신 왔어?"

"왜 그래 당신? 오늘 무슨 날이야?"

식탁 위에 정갈하게 음식이 놓여 있었다.

"여보, 오랜만에 반주로 술도 한 잔 할래?"

언제 들어본 말인가. 집에서 저녁 먹으며 술 한 잔 마시자는 아내의 말이 어설프게 들렸다. 장식장에 고이 모셔놓은 아내가 아끼던 크리스탈 술잔을 꺼냈다. 승원은 감상이라도 하듯이 손가락으로 술잔을 쓰다듬어 본다. 들고 있는 술잔에 장식으로만 고이 모셔놓았던 비싼 양주를 따랐다.

"나도 따라 줘."

"당신 괜찮겠어?"

"생각나? 우리가 처음 불타는 사랑을 했었다는 것? 그때처럼 사랑할 수 있게 노력하려고 해."

"왜 그래? 새삼스럽게 그때하고 지금 같은 기분이 될 수 있다고 생각하나?"

"왜? 안 된다고 생각하지? 당신 마음이 변한 건가? 아니면 다른 사랑을 하는 건가?"

"무슨 소리를 하고 싶어서 그래?"

"아니면 애초에 사랑은 없었고 생리적인 욕구만 필요했었나? 당신은 달라졌어. 왜지?"

"달라졌다니? 무슨 뜻이야? 당신이 산후 우울증이었는

데 내 탓을 하는 건가?"

"그게 언제 적 이야기야?"

순간 승원은 당황했지만 좀 더 자극적인 대화가 될 때는 솔직하게 서영의 존재를 말해서 아내와 이혼으로 이어질 가능성을 생각했다.

"그래. 우울증이 심했었지…. 그냥 해본 소리고 난 당신 믿어. 설령 당신이 바람피운다 해도 나는 빈껍데기로 살아도 내 가정을 지키고 있을 거니까."

승원은 처음부터 사랑하는 여자가 있다고 했고 차미경은 내가 당신을 사랑하면 된다고 했었다. 사랑은 여자하기 나름이라고 아내는 그렇게 사랑을 시작했다.

"잘 지냈어?"

서영은 아무 일 없었던 것처럼 밝은 얼굴로 승원을 보며 미소를 지었다.

"서영이 너 왜 그랬어? 어떻게 연락도 내 전화도 받지 않고 카톡도 보지 않고 왜 그래?"

승원은 중후한 중년의 모습은 사라지고 사춘기 소년처럼 화풀이 할 모양새다.

"여기 앉아봐 잠깐 앉아 보라고?"

테이블 의자를 밀면서 서영의 손을 거칠게 잡았다.
"왜 이래? 나 지금 바쁜 것 알면서 직원들 보고 있는데."

서영은 승원에게 느껴지는 감정을 자제해야 한다는 것을 알면서 그를 볼 때마다 감전된 것처럼 이끌리고 있었다. 승원은 외로웠다고 아내가 곁에 있어도 허하고 고독하다고 했다. 마치 내가 남겨놓고 떠난 외로움 같아 미안했다. 나를 다시 만나 행복해하는 그를 보낼 수는 없었다. 주제넘게 사랑하기 때문에 그 사람의 가정도 지켜줄 수 있다고 생각했다. 그것은 나 자신에게 건 최면이거나 내 속에 숨어 있는 가식을 볼 수 없기 때문이었다.

'카톡! 카톡!'
"당신 좋아하는 무 넣은 고등어조림을 했어. 집에서 저녁 먹을 거지?"

승원이 집에 왔을 때 아내는 성실한 가장이라는 것을 상기시켰다. 승원은 고등어반찬을 보면 어머니를 생각했다. 어머니는 새벽에 부둣가에서 생선을 사다가 광주리에 고등어, 갈치, 정어리를 담아 머리에 이고 이 마을 저 마을 다니면서 팔았다. 매일 다 팔리는 것은 아니지만 안

팔리는 것은 늘 정어리였다. 사람들은 정어리가 고등어만 치 못하다고 했지만. 어느 날 아버지는 고래가 정어리를 좋아한다고 알려준 뒤 승원은 정어리구이를 먹었다.

아내가 만든 고등어 조림은 무척 맛이 있었다. 그러나 더 이상 서로 할 말이 없이 밥 먹는 소리와 숨 쉬는 소리가 들릴 뿐이다. 아내가 먼저 수저를 놓고 돌아서서 싱크대에 빈 밥그릇을 놓았다.

"참 힘들다. 우리가 왜 이렇게 말이 줄었을까?"

미경은 말 없이 먹고 있는 남편이 윤서영을 생각하고 있는 것 같아 머리에 피가 솟구치는 분노가 일었다. 남편 덕분에 부족함 없이 사는 것 알지만 남편은 정신적으로 더 힘들게 한다는 것을 양심적으로나 도덕적으로 모르고 있다는 것이 화가났다.

"당신 나한테 할 말 없어? 당신 참 대단해 나는 매일 당신이 언제 들어오는지? 누구와 있다가 오는 것인지를 생각하면서 개 같은 날을 살고 있는데…, 그 기분이 어떤지 당신 알아?"

"당신이 언제부터 내게 관심을 썼지? 나는 다람쥐 쳇바퀴를 돌 듯이 일만 하고 사는데."

"그래서. 요즘에도 새벽까지 일하는 건가? 당신 아들하고 제대로 놀아준 적 있어?"

구체적인 문제를 서로 외면하고 어긋난 말다툼으로 끝내 서로 입을 다물어 버린다. 승원은 욕실로 들어가 샤워기 물을 틀어 놓고 서영에게 잘자 라고 카톡을 보냈다.

여자의 예감이랄까? 서영은 어떤 아내라도 남편에 대해 느낌이 있을 거라는 생각을 했다. 골프가방을 차에서 꺼내지도 않고 간교하게 골프 칠 시간에 침대 위에서 뒹굴다가 배달된 음식을 먹고 맛집 찾아 지방까지 가서 음식을 먹고 오기도 하고 서로가 헤어지기 싫어하던 밤이 지나면 새벽에 다시 오던 뜨거운 날들 서영은 뻔뻔하게 승원의 아내를 생각하지 않았었다. 마치 정당한 권한처럼 생리적인 충동을 운명이라고 포장하며 억제하지 않았다. 야비한 변명이다. 서영은 내 남자가 아니라는 것도. 남에 사랑을 훔친 여자가 된 것을 잊고 있었다. 그 어머니의 그 딸이 아니라고 생물학적 어머니 서유라를 외면하던 서영은 어머니의 유산 같은 길을 걸어가고 있었다.

차가운 강바람이 색바랜 낙엽들을 휩쓸고 지나갔다. 멀리 여인의 젖무덤 같은 잿빛 산 능선의 그림자가 강물을 잠식하고 있었다. 눈이 내린다. 아무도 없는 강변도로에 눈이 내리고 나무 벤치에도 가녀린 나뭇가지에도 흰 눈이 쌓이고 있었다. 하늘을 담은 강은 커다란 검은 아가리를 벌리고 내리는 흰 눈을 마음껏 흡입하고 있었다. 승원은 여전히 그 자리에 앉아 창밖을 보고 지는 해를 바라보았다.

민규 오빠가 왔다.
"네가 만나고 있는 사람이 가정이 있는 사람이라는데 넌 누구보다 그러면 안 되는 것 알지?"
어떻게 알았을까? 민규는 어머니를 생각했고 서영이 서럽게 살아온 것을 상기시켰다.
"진심으로 너를 위해서 하는 소리다 네가 잘 살길 바란다는 걸 알았으면 해."
"오빠 걱정하지 마세요."
"알고 있어. 네가 그 친구 사귀다가 유학 간 것 아직도 그 사람을 사랑하는 거냐? 그런 거야?"
"아니에요. 우연히 만났어요. 걱정하지 마세요."
"그 사람을 사랑한다면 아버지를 생각해봐 얼마나 힘들었을지 엄마한테 평생 남편 대우도 못 받고 자식 앞에서도 떳떳하지 못하고 사셨어. 어머니는 어떻고? 네가 그러면 되겠니?"

 눈이 내린다. 어디서부터 내려오는지 끝이 보이지 않고 폴폴 쉬지 않고 눈이 내렸다. 길도 가늠하기 어려울 만큼 폭설이 내리고 있었다. 3일째 내리는 눈은 바람에 흩어지고도 남아서 서서히 결합된 눈은 더 단단하게 쌓이고 시간은 더디게 흘러가고 있었다. 눈이 멈추더라도 차가운 강바람에 카페는 임시 문을 닫기로 했다. 서영은 눈이 녹을 때까지 당분간 서울에서 지내기로 했다.
 오늘도 승원은 눈 바람 속을 뚫고 서영의 카페에 갔었다. 서영은 의도적으로 피하는 것인지 카페는 문을 닫았고 전화도 받지 않았다. 승원이 집에 왔을 때 아내는 저녁상을 차리고 있었다. 아내의 미소는 냉소적으로 느껴지고 있었다. 아내가 서영의 카페에 여러 번 갔었다는 것을 알게 된 것은 카페 매니저가 승원이 자주 왔었느냐고 확인한 여성의 인상착의로 아내가 알고 있다는 것을 알았다.
 차라리 아내가 먼저 서영에 대해서 묻는다면 어떤 말을 해야 할까? 묻지도 않고 따지지도 않는 아내의 눈을 마주치지 않고 승원은 말없이 밥을 먹었다. 차미경은 적

극적이고 확고한 자존감을 지닌 소유자로 때로는 불같은 성향이 있는 여자라서 충분히 서영을 만났을 여자였다. 그런 아내가 서영을 만나지 않고. 아무 말도 하지 않고. 남편에게 정성을 다하는 모습이 더욱 강직한 어떤 메시지를 던지는 것만 같았다. 그녀는 승원을 완벽한 가장으로서 경우에 벗어날 일을 저지를 사람은 아닐 것이라고 믿고 싶었다.

언제부터 만났던 것일까? 어디까지 진행된 것일까? 그저 가끔 만나는 것이라면 섣불리 아는 척하는 것이 오히려 자존감이 무너지는 꼴이 될 것 같았다. 하긴 언제부터 만났는지가 그리 중요한 것은 아니다. 남편은 그 여자를 가슴에 품고 살았을 테니까. 남편에게 첫사랑은 허상이라고 누구에게나 지나간 추억은 있는 것이라고 했지만 남편은 그여자를 다시 만났다. 생각 같으면 그 여자를 만나서 확인하고 머리채라도 잡고 싶은 심정이었. 새벽. 악몽 속에 괴물과 싸우다가 피투성이가 된 것이 어떤 의미인지? 혹시 괴물이 남편을 의미하는 것은 아닌지? 잠자고 있는 남편을 깨워 괴롭히고 싶은 심정이었다.

지난 사랑이 끝난 줄 알았다. 그러나 내 심장이 기억

하고 있었다. 서영을 향한 사랑이 끝난 것이 아니었음을 알았을 때 나는 잃어버렸던 나를 찾았다. 그동안 내 속에 또 다른 내가 있었음을 알게 되었다. 내가 나를 찾아가는 것은 쉬운 것은 아니다. 미운 구석 없고 고맙고 좋은 아내라는 것을 알고 살아가면 되는 거라고 그렇게 생각했었다. 온 세상이 하얀 눈으로 덮이고 있었다. 머리 위에 앉은 눈을 털어내고 잔잔한 피아노 소리가 들리는 카페에 서영은 없었다. 승원은 서영에게 함께할 미래를 이야기할 수 없었다. 몇 번이나 아내에게 이혼을 이야기하려고 적당한 기회를 보고 있었다. 나쁜 남자이고 나쁜 아빠가 될 거라고 수없이 많은 생각을 해 봐도 내가 살아갈 의미는 서영이라는 것을 부인할 수 없었다. 그는 늘 그 자리에 앉았다. 차 한 잔을 마시며 그녀를 생각하지만 기다려도 그녀는 오지 않았다. 어쩌면 내가 이미 가고 난 뒤에 그녀가 출근하거나 아니면 아침에 다녀갔는지도 모른다.

"안녕하세요."

서영은 작은 오빠의 주선으로 박성재를 만났다. 박성재는 고른 치아를 보이며 환한 미소를 보였다.

"오빠한테 들었어요. 어릴 때부터 친구였다는데 전 기억할 수 없어서 죄송해요."

"어릴 때 모습이 아직도 남아 있는 것 같아요. 그때도 예뻤었는데, 아. 카페를 한다면서 힘들지 않아요?"

"힘들 것까지는 없어요. 욕심 없이 일하고 있어요."

"맞아, 뭐든지 욕심이 많으면 고달프게 살지요"

"난 서영이가. 아 미안해요. 어릴 때 기억 때문인지 말을 놔서."

"아니에요. 오빠 친구인데 동생처럼 말씀 놓으세요."

어릴 때 모습을 기억하는 박성재 교수는 오빠처럼 좋은 사람이었다.

"왜 결혼하지 않았지? 좋은 사람 많이 있었을 텐데?"

"글쎄요? 저도 모르겠어요. 물론 만났던 사람도 있었지요 생각해 보면 사랑을 믿지 못했거나 세월이 내게는 너무 빨리 지나갔거나 어쩌면 팔자라는 생각도 해요."

"아니야, 팔자는 아니야 인생은 내가 만들어 가는 거야 아직 젊어 이제 시작이라고 생각해."

그는 사랑하던 아내가 떠나고 한동안 여러 나라를 여행하고 난 뒤 슬픔을 털어 버릴 수 있었다고 했다. 조금도 부담을 주지 않고 배려를 하는 박성재 교수는 정말 괜찮은 사람이었다.

 승원은 서영을 놓을 수 없었다. 사랑하는 순간이 행복한 것만은 아닐 것이다. 함께 있어도 이유없이 슬프기도 하고 언젠가 이 행복이 변할 수도 있을 것이다.
 승원은 아내와 함께하면서도 늘 허전했던 마음은 서영을 다시 만나서 그 이유를 알았다. 슬픔도 괴로움도 사랑하기 때문에 아름다운 거라고 그 순간을 변명하지만, 사랑했던 만큼 이별의 아픔은 절대 아름다운 기억일 수 없다. 또다시 서영을 잃고 싶지 않다.
 평소 같으면 카페에서 차를 마시고 이미 집으로 가야 할 늦은 시간에 승원은 카페에 들어왔다. 차가운 날씨 탓인지 영업시간은 2시간이 남아 있었지만, 손님은 없었다.
 "서영아. 나 카페에 있어 기다릴게."
 "늦었어. 집에 가. 내가 자기를 좋아하는 것은 가족을 위해 열심히 일하는 모습이었어."
 언제부터인가 승원은 이유 없이 피하는 서영의 눈에서 슬픈 눈동자를 보았다. 카페에는 둘만이 남아 있었다. 지난 추억 때문에 사랑한 것은 아니다. 그때보다 지금의 서영이 모습이 더 좋았기 때문이다.

"미안해, 우리 여기까지만 하자. 지금처럼 그대로 살아가는 모습을 보여줘 나를 위해서."

"서영아 나한테 너무 가혹하지 않니? 지금까지 너를 가슴에 묻고 살아왔어. 얼마나 너를 그리워하며 아파했는지 너는 몰라 어떻게 또 너를 보내? 그건 아이야."

"우리 여기까지 사랑하자. 사랑은 움직이는 생물처럼 어느 날 당신이 미움의 대상이 될 수 있을 거야 그러면 안되잖아. 내 잘못이었어 내 감정을 절제 했어야 했어."

어둠이 내리고 강물에 별들이 내려와 너울거리고 있었다.

"당신에게 더 이상 내가 필요한 사람이 아니야. 이혼하자!"

"당신이 그 여자를 사랑해서 이혼을 원하지만, 내가 당신을 사랑하기 때문에 이혼해줄 수 없어."

"사랑? 우리한테 그런 감정이 있었나. 당신한테 나는 있으나 없으나 한 사람 아니었나?"

"내가 당신에게 관심 없었던 것이 아니라 당신을 믿었기 때문이었어. 내가 당신을 필요 없는 사람 취급한 것처럼 교묘하게 말하지 마. 그건 당신의 변명을 정당화하는 거니까."

"당신 나 없으면 편하자나?"

"억지야. 아무리 원해도 절대 이혼할 수 없어. 지금까지 살아온 날들이 억울해서 이혼? 못해!"

"나 당신한테 할만큼 했어. 그렇지만 당신이 원하는 대로 해줄게."

"그 여자하고 지금까지 살다시피 했으면 그대로 사랑만 하며 살아! 가정은 여기 내가 지킬게."

"우리는 이미 부부 사이는 끝났다는 것 몰라? 당신도 이혼하고 편하게 살아."

"편하게 살라고? 당신 아들 동우 지금 예민한 중학교 2학년이야 최소한의 아빠로서 도리를 지킨다면 동우가 이해할 수 있을 때까지 기다려."

"아이한테 충분히 아빠 노릇 하면 되잖아! 이혼해도 아빠는 아빠니까."

"나는 당신이 현명한 사람인 줄 알았어. 한심하고 쓰레기 같은 인간!"

"뭐? 쓰레기? 아무리 헤어져도 쓰레기라고? 존중할 것은 존중해야지 어떻게…."

"존중할만해야 존중하지."

차미경은 이혼하려는 남편에게 윤서영의 이름조차 거

론하지 않았다. 그것은 남편을 처음 만났을 때부터 윤서영을 잊지못하는 남자에게 사랑을 얻으려고 노력했던 기억 때문에 또다시 그녀로 인해 이혼한다는 것은 더 이상 자존심 허락하지 않았다.

"당신이 얼마나 잔인한지 알아? 내가 그렇게 노력했는데 당신은 나를 한 번이라도 진실로 사랑한 적이 있어? 더 이상 당신에게 바랄 것도 없어. 사랑만 가지고 가서 살아! 당신은 도덕과 윤리도 모르고 가장의 책임감도 모르는 쓰레기 같은 인간이야."

동우가 학원에서 돌아오는 시간 되자, 집안은 다시 조용한 침묵이 흘렀다. 누굴 위한 선택인가? 승원은 누구를 위해서가 아닌 확실한 자신을 위한 선택이다.

서영은 승원과의 관계를 벗어나야 옳다는 것을 알면서 이별이 두려웠다. 그렇다고 박성재와 특별한 관계를 기대하고 싶지는 않았다. 서영은 기억한다. 생물학적 아버지의 외도로 인한 그 아내의 고통은 분노와 증오로 화를 참지 못해 정신병원에서 살아야 했다. 서영은 잠재적 저장된 사람들로 인해 사랑을 갈망하면서도, 두려움에 사랑은 아픔이고 순간적 쾌락일 뿐이라고 변명한다.

칼날처럼 매서운 겨울 한파에 서영은 많은 생각으로 식욕을 잃고 누워있었다. 전화벨이 계속 울렸다. 주말에 계속 울리는 벨 소리에 불현듯 불안한 마음으로 수화기를 들었다.

"집에 있지? 나 바로 갈게."

그는 운전하면서 스피커폰으로 전화를 하며 오는 중이었다.

"무슨 소리야? 왜 와? 나 몸도 아프고 혼자 있고 싶어 오지마."

승원은 더 이상 듣지도 않았다.

"그래 불편하면 집에 들어 가지 않을 테니까, 춥지 않게 옷 단단히 입고 내려와."

승원은 주차장에서 기다리고 있었다. 신사적이고 매사에 신중한 사람이 변한 것인지, 일방적으로 온 승원이 다른 사람처럼 느껴졌다.

"추운데 얼른 들어와."

자동차 문을 열고 들어와 앉아도, 승원은 네이비게이션의 화면에 주소를 입력하고 있었다.

"강원도 고성군 화진포 됐어! 출발하자."

"강원도? 미쳤어? 거긴 왜가 이렇게 추운 날에?"

아무 일도 없었던 것처럼 승원은 빙긋미소를 지었다.

"잠깐! 날씨가 이렇게 추운데 고성이라니, 분명히 오늘 올 수 있어?"

서영에게 안전 벨트를 매주는 승월을 밀어내며 확인했다.

"그래 걱정마. 갔다가 바로 올 거야."

서영은 부질없이 승원의 차에 탄 것을 후회하며 자신에게 화가나 말없이 웅크리고 있었다. 승원은 마치 소년처럼, 꿈을 꾸고 있는 것처럼 행복해 보이는 미소를 보였다. 창밖은 온통 하얀 눈을 쓰고 있는 산과 들이 지나가고, 고산지대를 넘을 때는 드물게 보이는 산간 지역의 마을 도로를 군인들이 제설차로 눈을 치우고 있었다. 승원의 자동차에는 습관처럼 이문세의 CD를 넣어 연속적인 이문세의 노래가 들렸다. 승원이 웅얼거리듯이 따라 불렀다. 자동차가 움직이는 동안은 이문세의 노래를 들어야 할 것이다.

(흰 눈 나리면 들판에 서성이다 / 옛사랑 생각에 그 길 찾아가지 / 광화문 거리 흰 눈이 덮여가고 / 하얀 눈 하늘 높이 자꾸 올라가네 / 이제 그리운 것은 / 그리운

대로 내 맘에 둘 거야 / 그대 생각이 나면 생각 난대로 내버려 두듯이 / 사랑이란 것 지겨울 때가 있지 / 내 맘에 고독이 너무 흘러넘쳐 / 눈 녹는 날 푸르른 잎새 위 / 옛사랑 그대 모습 영원 속에 있네.)

 승원이 따라부르던 목소리가 점점 작아지고 그의 슬픈 얼굴을 차마 볼 수 없어 창밖으로 고개를 돌렸다. 눈에 덮인 나무는 무게를 이기지 못하고 가지가 늘어져 있는가 하면 해송은 꼿꼿하게 눈을 이고 서 있었다.
 "다 왔어. 저기. 저기 봐."
 "어머. 저게 뭐야?"
 멀리서도 보이는 높게 올려진 기중기에 거꾸로 매달려 있는 거대한 고래가 있었다. 포구에 주차하고도 거대한 고래에 압도되어 승원은 벌어진 입을 다물지 못하고 멍하니 바라보았다. 자동차 유리문을 열자 한겨울의 동해 바람이 세차게 지나갔다. 어마어마한 큰 밍크고래였다. 승원은 정신없이 눈바람을 맞으며 고래가 매달려 있는 곳으로 사라졌다.
 승원은 올려다보며 연신 사진을 찍고, 사람들에게 잡힌 고래에 대해서 질문을 했다. 길이가 7미터나 되고 8톤이 넘는 무게를 지닌 고래의 등은 검은빛과 회색빛이 윤이 나게 매끄러웠다. 하얀 배와 돌출된 얼굴이 잘생긴 고래였다. 정치 망에 걸린 불쌍한 고래를 보면서, 승원은 물 위를 점프하는 모습을 상상했다. 거꾸로 매달린 고래의 검은 눈을 올려다보며, 커다란 고래 입이 있는 곳에 승원은 고래 얼굴을 만지듯이 손을 높게 들었다. 고래는 죽었다. 승원은 고래를 보았다는 기쁨이 아닌, 죽은 고래의 장례식을 보러 온 것처럼 추위에 떨면서 올려다보고 있었다.

때 늦은 점심을 먹기 위해 크레인에 걸려 있는 고래가 보이는 식당에서 국밥을 시키고, 여전히 매달린 고래를 바라보았다. 강원도 전 지역에 대설 주의보가 내려졌다. 서영은 불안했다 어쩌면 오늘 서울까지 갈 수 없을지도 모른다는 불길한 예감이었다. 제설작업을 하는 차량 뒤로 길게 이어진 차들이 거북이 운전을 하며 가고 있었다.

철원에 가까이 왔을 때 이미 날은 어두웠다. 앞이 보이지 않는 눈발을 헤치고 서울까지 가기에는 어려울 듯 했다. 의도적인 것은 아니었다 해도 서영은 화가 났다.

이제 끝내자고 우리의 관계를 멈춰야 한다고 헤어질 결심을 하고도, 다시 만나게 된 것이다. 어쩔 수 없는 일이었다. 가까운 펜션에서 머물다가 새벽에 가기로 했다. 승원은 화가 나 있는 서영을 얼른 따뜻한 온돌바닥에 앉히고, 두꺼운 이불을 서영에게 덮어 주었다.

"몸살 날까 걱정돼서 그래. 몸을 따뜻하게 하려면 뜨거운 물에 들어가야 피로가 풀릴 거야."

서영은 얼마나 긴장되고 떨었는지, 온몸이 경직되어 정말 뜨거운 물 속에 들어가고 싶었다. 승원은 눈길 운전을 하느라 긴장했었는지, 이미 잠이 들었거나 아니면 눈을 감고 있었다. 그는 잠들 수 없었다. 서영이 헤어질 결심을 한 것을 알면서 눈물을 삼키고 있었다. 시간이 얼마나 흘렀는지 가늘게 귀를 간지럽히는 승원의 속삭임이 들렸다.

"난 너를 놓아줄 수 없어. 너는 내 반쪽이야 너 없이 난 살아갈 수 없어."

승원의 부드러운 손끝이 서영의 머리를 쓸어주었다. 그녀의 이마에 승원의 입술이 닿았을 때, 감전되듯 피부 세포들이 본능으로 움직이고 있었다. 움츠렸던 감정들이 욕망으로 뜨거워지고 그의 입술을 갈망한다. 승원의 숨소리가 목덜미를 지나 목 뒤로 그의 입술이 지나갔다. 그녀의 신경세포는 심장까지도, 그의 손길과 그의 입술과 그의 숨소리에 중독되어 있었다. 격렬한 욕망은 갈망으로 모든 것을 내주고 모든 것을 기억할 수 있게, 깊고 어두운 심해를 함께 내려가고 있었다. 치명적인 쾌락은 온몸이 전율하고, 메마른 서영의 입술을 적시면서 그녀를 품에 안았다. 승원은 영혼 깊숙이 스며드는 이 사랑을, 이 운명을 거부할 수 없는 것이었다. 서영이 눈물을 흘렸다. 사랑이 너무 아파서 울었다.

"이렇게 사랑하는데, 우린 하나인데, 우리에 기억이 사라질 때까지 그때까지 우리 사랑은 멈출 수 없는데, 왜 자꾸 달아나려고 하는 거야? 나는 너를 향해 멈출 수 없어."

"당신은 소중한 사람이라서 함께 할 수 없어. 우리 여기까지야. 내 욕심대로라면 당신은 언젠가 나로 인해서, 후회와 고통 속에서 살게 될 거야. 내가 사랑하는 사람이 그렇게 살아가게 하고 싶지 않아."

"헤어지는 아픔은 내게 지옥이었어. 이제 알아. 내 인생은 너로 인해 시작했고, 너로 인해 내 삶은 끝이 나는 거야."

"그때 나는 어려서 선택할 수 없었어. 하지만 우리가 사랑한 기억만으로도 나는 평생 행복할 수 있어. 승원씨 내가 당신을 사랑할 수 있었던 것은 당신이 아들 사진을 보여주던 멋진 아빠의 모습이었어. 미안해 우리 사랑 가슴에 묻고 당신이 있던 자리에 있어 줘 그래야 해."

  차미경은 지난날을 회상했다. 처음부터 나를 좋아하는 남자를 만났어야 했다. 여자가 있다고 거절했던 사람이었지만, 언젠가 나에게 행복하다고 고맙다고 말할 수 있을 거라고 믿었다. 그렇게 완벽한 사랑을 이루었다고 생각했다. 속인 것은 남편이 아니라 나 자신을 속인 것이었다. 그것은 사랑이 아니고 내 자존심을 지키고 내 욕심이었다. 승원은 사랑해서 결혼한 것이 아니었다는 것을 차미경은 알고 있었다. 나를 사랑하느냐고? 의심할 필요 없이 사랑이 시작되었고 가족이라는 울타리를 만들었다. 신비한 열매를 바라보는 것만으로도 행복했다. 최소한 동우가 초등학교 입학하기 전까지, 이 정도면 완벽하다고 자신 있게 말할 수 있었다. 남편이 지방에 근무하면서 주말부부로 집에 오면, 남편은 먹는 것보다 하는 것에 집중하고 그동안 채우지 못한 욕구를 채웠다. 그것이 사랑인 줄 알았다. 남편은 그렇게 생리적인 배설의 도구로 쾌락을 느꼈을 뿐이었다. 죽도록 사랑했던 기억이 지워질 만큼 우리 뜨거웠다.

"이제 나를 놔줘, 감정 소모하지 말고 조용히 끝내자."

승원은 외박한 다음 날 술에 취해 들어와 또 이혼을 종용했다. 미경의 자존심은 바닥이 났고, 숨이 막힐듯한 분노로 식탁 의자에 앉아 있는 승원을 죽이고싶을 만큼 미웠다. 안방으로 들어가 문을 잠갔다. 남편은 지금 꿈을 꾸고 있었다. 눈빛은 흔들림 없이 불꽃을 보듯 이글거렸고 담담한 어조로 말하지만, 이미 치명적인 사랑에 빠진 것이다. 차미경은 사랑했던만큼 극단적인 분노와 증오가 일었다.

또 다른 노력을 해야만 했다. 마음이 떠난 사람 허수아비를 붙잡고 사는 기분이라도, 내가 선택한 것이 내 인생에 오류일지라도 이혼만은 하지 않을 것이다.

"당신에게 미안해. 그리고 고맙고. 하지만 내 인생의 남아 있는 날은 내가 원하는 대로 살고 싶어."

차미경은 참을 수 없는 분노로 유리컵과 그릇들을 모두 쓸어내듯이 승원을 향해 던졌다.

승원은 그대로 모든 것을 감수하겠다는 의지로, 죄인처럼 피하지도 않고 앉아 있었다. 온몸에 경련이 일어나거나 심장이 멈추거나, 분노로 숨이 멈출 것 같았다. 순간…, 미경의 손바닥이 승원의 뺨을 힘껏 치고 나서, 자신이 때렸던 손바닥을 보면서 풀썩 주저앉아 엉엉 울었다. 승원은 그대로 앉아 있었다.

 주차장에서 넋 놓고 흘러가는 강물을 바라보다가 카페로 올라갔다. 서영은 없었다. 전화를 했다.
 "나 카페야. 이리 올래? 아니면 내가 집으로 갈까?"
 "승원씨, 혹시 착각하는 것은 아니지? 우리 헤어졌다는 것을 정말 몰라? 이제 우리 그만 멈춰야해."
 "그래 아무튼 만나자. 잘 되고 있어 나 노력 하고 있어…."
 다시 아내와 잘 지내려고 노력한다는 것일까?
 승원은 냉전 중인 아내에게 말 한마디 없이 카페에 왔지만, 서영은 더 이상 만나 주지 않았다.
 끊어진 전화를 다시 걸지만 서영은 받지 않았다. 승원은 여전히 헤어짐을 인정하지 않고 카톡을 보냈다. '내가 집으로 갈게.'라고 하지만, 서영은 카톡마저 보지 않았다.

 '딩동. 동딩. 딩동….' 그는 이성을 잃은 듯이 계속 벨을 누르고 있었다. 승원의 모습이 현관 모니터 화면을 가득 채웠다. 이대로 문을 열어주지 않는다면 옆집 사람이 나올 것 같았다.

"그냥 가. 부탁이야. 나를 위한다면 그냥 가. 아니 나를 사랑한다면 나를 위해 가라고."

승원은 대답 없이 계속 벨을 눌렀다. 어쩔 수 없이 문을 열었다. 승원은 서영을 끌어안고 말없이 서 있었다.

"제발 그만해, 힘들어 우리 그만해."

"뭐 만드는 거야? 나 배고파 밥은 줄 거지?"

승원은 아무일 없었듯이 냄비에 멸치와 다시마가 끓고 있는 것을 보고 성큼성큼 식탁에 앉았다.

서영은 마지막이라 생각하고 오늘 만큼은…, 체념한 듯 냄비에 된장을 풀고 양파와 감자를 넣었다.

'딩동 딩동 딩동….'

또다시 현관 벨이 울렸다. 올 사람은 아무도 없었다. 화면에는 얼굴이 보이지 않았다. 택배 올 것도 없었다. 누가 오더라도 승원이 있었으므로 남자가 있다는 것이 안심이 되었다. 승원도 아무렇지도 않게 문을 열어보라고 했다. 현관문이 열리는 동시에 차미경은 서영의 뺨을 있는 힘껏 때렸다.

"내가 참는 것도 한계가 있어! 지금까지 내가 지켜온

내 모든 것을 다 망치고 있는 것, 절대 용서할 수 없어. 차라리 너 죽이고 나 죽자. 나 이제 더 살고 싶지도 않아!"

승원의 아내 차미경이 서영의 머리를 움켜잡고 흔들었다. 차미경은 악이 바쳐 제정신이 아니었다. 승원은 아내에게 손 놓으라고 소리 질렀다. 현관문이 열려 있는 상태에서 거실과 주방의 집기들이 쓰러지고 깨지고 아수라장이 되었다.

"여보! 그만해! 미쳤어? 여기 어디라고 당신이 와?"

"당신이 어떻게 나한테 이럴 수 있어. 당신은 착각하고 있는 거야. 당신이 사랑한다는 저 여자는 당신 기억 속에 남아 있는 찌꺼기일 뿐이라고 알아!"

"승원씨. 나가요. 우린 이미 끝났다고요. 부부싸움은 가서 하세요."

겨우 떼어놓고 아내를 끌고 나가려고 했다. 서영은 정신을 가다듬으며 스토브에 불을 끄고, 그들을 나가달라고 소리를 쳤다. 이미 우린 끝난 사이라고. 그러나 차미경은 믿지 않았다. 몇 시간 전 '이혼 해 달라.'는 남편을…, 남편에 여자를 그대로 믿을 수는 없었다.

남편의 손을 벗어난 차미경은 도마 위에 있던 식칼을

집어들었다. 칼을 들고 있던 차미경의 손목을 서영은 온 힘을 다해 잡고 있었다. 서영의 다리를 발로 힘껏 차고 주저 앉은 서영을 찔렀다. 순간 적이었다. 비명 소리에 이웃집 사람이 신고했는지, 경찰과 앰블런스가 도착하고 서영은 병원으로 실려갔다.

차미경이 주저앉아 떨고 있었다.

앰블런스에 실려간 서영은 다행히 생명에는 지장이 없었다. 살인 미수의 차미경은 서영에게 상간녀 소송을 했지만…. 서영이 보낸 카톡으로 승원과 이미 끝난 상태였다는 것으로 판결되었다. 서영은 더 이상 카페를 운영할 수 없었다.

부산행 기차가 황량한 가을 들판을 지나고 있었다. 승원은 구불구불한 언덕 끝에, 한 소녀가 두 무릎을 세우고 앉아 있는 모습을 기억한다. 흑백의 스크린 속에 있던 흙 담장에 등대도 있고, 파란 하늘에 하얀 갈매기가 날고 있는 벽화가 그려져 있었다. 산다는 것은…. 불어오는 바람이 매일 똑같은 바람이 아니듯이, 지나간 사랑은 지나간 대로 그 아픈 기억만으로도 소중했음을 이제 알 것 같았다. 바다는 가을 햇빛에 조각난 유리 파편처럼 반짝이고 있었다.

바람의 흔적

바람의 흔적

쿵쿵쿵 쿵쿵쿵….

무거운 금속 추를 발에 달고 한 발 한 발 천천히 발을 옮기듯이 누군가 계단을 올라오는 소리가 들린다. 낡은 나무 계단은 무게를 이기지 못하고 삐걱거리며 어긋나는 소리가 계속 들린다. 나는 잠자리에 들기 전에 거실 벽에 작은 불도 켜 놓고 아래층과 연결된 계단 문을 분명히 잠갔다.

백, 아흔아홉, 아흔여덟…, 셋, 둘, 하나. 이불 속에서 두 번째 백에서 하나까지 거꾸로 세는 동안 더 이상 기억할 수 없었다. 얼마 동안 잠을 잤었는지 침대 옆 작은 테이블에 놓인 시계를 보니 3시 30분이었다. 언제부터인지 습관처럼 길면 2시간 정도 쪽 잠을 자게 되었다. 그

것은 꿈 때문이었다.

살며시 커튼 사이로 창밖을 보니 구석진 자리에 서 있는 대나무들이 바람에 휘청거리고 나무들은 달빛 그림자를 않고 서 있었다. 왜 같은 꿈을 꾸었을까? 이명 소리 때문에 뇌까지 문제가 생긴 것은 아닐까?

오래전 품위 있고 고상한 동생을 하늘나라로 보내고 너무 슬퍼서 밤낮없이 눈물을 흘린 적이 있었다. 그 후 순간적으로 아무것도 보이지 않았다. 일시적인 현상이었지만 그때부터 내 귀에서 귀뚜라미가 찌르르거리며 24시간 쉬지 않고 소리가 들렸다. 언니 같았던 두 살 아래 동생은 나도 모르는 사랑을 먼저 하고 먼저 시집가고 먼저 아이를 낳았다. 동생은 언니가 똑똑한 줄 알고 있었으나 나는 꿈도 희망도 아무 욕심도 없이 주어진 직장에 다니고 있었다. 이미 어른이 된 동생은 내게 예쁜 원피스를 사주고 구두를 사줄 만큼 나를 좋아했다. 동생이 암으로 세상을 떠났을 때 나는 한국에 들어갈 상황이 아니었기에 더욱 슬픔을 이겨 내기가 힘들었다.

어쩌면 나에게 정신적인 문제가 있었던 것은 아니었는

지 생각해 본다. 잠에서 깨면 혹시 문고리가 열려있는 것은 아닐까? 하는 생각 때문에 계단 문을 또 확인했다.

새벽 하늘은 푸른 청색으로 낮게 흐르는 구름과 함께 산 능선에서 서쪽 바다로 어둠이 밀려가고 있었다. 산속에서 산 비둘기가 꾸르룩 꾸룩 울어대며 새벽을 알리고 동쪽에서 해가 넘어오기 시작했다. 달빛 그림자에 괴물이 되어 서 있던 나무들이 밤새 어떠한 형상으로 서 있었는지 지난밤에 보았던 것들은 상상이었거나 허상이었다. 정원은 파릇한 잔디에 앉은 물방울들이 영롱하게 빛나고 멀리 푸른 바다가 보였다. 대나무 숲에서는 참새들이 지저귀고 흰색과 노란색의 플루메리아꽃 향기가 코를 스쳤다.

"굿모닝! 제이 커피. 마시러 오겠니?"

윗집 오스트레일리아인 앤디와 그의 아내 재키가 바다가 보이는 발코니에서 아침 인사를 했다.

"굿모닝. 고맙지만, 이미 마셨어."

윗집과 사이에 옆집으로 들어가는 골목길이 있고 벽돌 담장을 사람 키만큼 높게 쌓았어도 30도 각도의 언덕 위에 있는 윗집에서 내가 정원에서 움직이는 것을 볼 수 있지만. 지붕만 보이는 아랫집에는 어떤 사람들이 살고 있는지 전혀 알 수 없었다.

내가 이 집에 살게 된 것은 엉뚱하게도 어느 날의 꿈 때문이었다. 그렇다고 무속 신앙에 심취한 것도 아니고 특정 종교를 믿는 것은 아니지만, 어릴 때 할머니가 새까만 한복을 입고 문밖을 나가는 꿈을 꾸고 그 다음 날에 할머니는 돌아가셨다. 그 후 나는 꿈에 대한 현실과 연관되는 기대와 불안을 느끼게 되었다.

산언덕에서 멀리 푸른 바다와 은빛 모래가 보이는 언덕에 작은 동굴이 있고 호수가 있었다. 호숫가에는 갓을 쓴 노인이 앉아 있었고 두 마리의 사슴이 서 있는 마치 오래된 그림 속에서 보았던 풍경이었다. 그 꿈은 신기하게도 선명하게 기억 속에 저장되어 매일 아침 아름다운 해변 도로를 운전하면서도 가끔 산언덕을 보며 '그 꿈이 행운의 꿈은 아닐까?'하는 생각을 하면서 산간 도로를 이용하기도 했다.

어느 날 산간 마을 입구에서 석양이 정면으로 바다로 사라지는 내리막길을 따라 핸들을 돌렸다. 도로 양옆으로 집들이 있었고 마을 끝에서 자동차를 돌려 다시 언덕 위로 올라가는데 언제 사람이 살았었는지 가늠할 수 없이 울퉁불퉁한 언덕에 담장도 없고 잡초가 무성한 낡고 오래된 집이 꿈에서 보았던 지형과 같았다.

그 집은 오래 전에 매매한다고 내놓았지만 낡고 허름해서 집수리하는 것이 감당할 수 없어서인지 5년이 지나도록 매수자가 나타나지 않았다. 가격은 만족할 만큼 저렴해서 더 이상 망설일 필요가 없었다.

집 안은 거미줄이 걸려있고 죽은 벌레가 구석구석 쌓여있는 뼈대만 남은 집을 아무리 저렴한 금액이라 해도 잘 지은 새 집을 살 것이지 왜? 사서 고생하느냐고 했지만 1년 동안 끝없는 집수리를 한 결과는 만족스러웠다. 언덕에 기대어 있는 집의 구조로 2층 주택으로 보이지만 2층에서도 1층이 되는 경우였다. 현관을 들어서면 거실과 주방을 지나 2개의 침실이 있고 욕실과 드레스룸을 만들고 넓은 거실과 침실에서는 통유리로 바다와 산을 볼 수 있게 했다. 아래층은 위층의 절반이 되는 1개의 침실과 샤워실. 운동 기구를 갖춘 짐을 만들고 세탁실을 만들었다. 이 집에서 나는 늙어갈 것이고 아들과 딸이 자식을 낳고 할머니를 보러올 것이라고 정성을 다해 중장비를 빌려 땅을 고르고 담장을 만들고, 대문 달고 꿈에서 본 호수 대신 작은 연못을 만들고 꽃과 과일나무를 심었다.

밤이 되면 하늘은 청색의 깊은 바다에 잠겨있고 별들은 당장이라도 우수수 떨어질 듯 매달려 있었다. 더러는 구름이 지나가는 어둠의 그림자에 영혼들이 일어나 정원을 거닐 것만 같았다. 밤낮없이 환한 도심의 아파트에서 살던 그때의 내가 아닌 또 다른 사람처럼 이 집에 있는 한 아무 생각도 할 수 없이 고립되어 있었다. 어쩌다 직원들 월급날이 되거나 세금을 내는 날이어야 마지못해 집을 벗어날 수 있었다.

바람이 분다. 그리고 아주 은밀하게 음산한 비가 추적추적 점점 더 내린다. 음울하게 들리는 고양이 소리…. 어둠 속에서 내가 있는 공간만이 형광 불빛이 있다는 것은 다행이었다. 책을 읽어도 쉽게 잠이 오지 않았다. 이틀 전 사 놓은 수면제를 먹기로 했다. 수면제 종류마다 다르겠지만 도대체 작은 알약 두 개를 먹고도 잠은 오지 않았다. 오른팔을 들어 올리면 힘없이 축 처져 떨어지고 왼팔을 올려보지만 미세하게 살이 떨리면서 힘없이 내려지는 것을 보면서 멀쩡하게 깨어있는 정신이 기분이 찝찝할 뿐이다. 백, 아흔아홉, 아흔여덟, 아흔일곱…, 셋, 둘, 하나. 다시 백부터 세기 전에 한쪽 다리를 들어보았다. 무거운 다리는 아무런 감각을 느낄 수 없었다. 쿵쿵 쿵…. 철컥철컥 삐거덕거리며 문이 흔들렸다. 제발 문이 열리지 않기를 바라면서 이불 속에 납작 누워 두려움에 떨고 있었다. 심하게 문이 흔들리는 소리는 곧 부서질 것만 같았다. 내가 미친 것일까? 잠들지 않았다고 꿈이 아니라고 한다면 믿을 사람은 없을 것이다. 그렇다고 어떻게 반복되는 꿈을 꿀 수 있단 말인가.

아침은 유난히 햇빛이 이글거리며 지상에 있는 모든 생물들을 잠식할 것 같았다.
"제이. 제이. 헬로."
담장 너머에서 옆집 웨슬리가 불렀다. 그는 190cm는 될만한 키와 아마도 2XL의 옷을 입을 것 같은 평범하지 않은 몸집에 굽실굽실한 금발 머리에 파란 눈을 가진 뉴욕 출신의 FM 방송국 DJ를 하는 남자다.
사십이 조금 넘은 웨슬리는 7년 전부터 알고 있었다. 그는 나와 이웃이 되었다는 것을 무척 기뻐했다.
"굿모닝 제이. 나를 좀 도와주겠니?."
"어머. 웨슬리 너 아파서 병원에 입원했다고 하던데 언제 퇴원했니?"

그는 3개월 전 앰뷸런스에 실려 병원에 갔다고 윗집 재키가 알려줬다.

"2주 됐어. 나를 좀 도와줄래? 내 소매 와이셔츠 단추를 끼워줘."

담장 옆에 자동차를 세워 놓고 그는 자동차 유리문에 축 늘어진 팔을 걸쳐 놓고 있었다. 그의 창백한 모습은 아직 어딘가 불편해 보이는 모습이었다.

"음 FM 방송은 그만두었는데 다른 채널 DJ를 할 수 있는지 알아보려고 해."

"웨슬리 너 아직 아픈 것 같은데 일을 꼭 해야 하겠니? 일하지 않아도 되잖아?"

웨슬리는 아내와 아들과 딸이 함께 살고 있었다. 그는 유명 라디오 DJ이지만 자녀가 없는 고모의 많은 유산을 받아 이 마을에서 웅장하고 아름답게 지어진 집을 샀다. 아무 걱정 없이 살 것 같은 그는 어떤 문제로 왼쪽 팔이 마비되었는지 모르지만, 나는 그의 하얀 셔츠의 단추를 다시 끼워주고 소매 끝도 단정하게 해주면서 보이지 않는 아내와 자녀에 관해 물어보았다. 그의 아내는 이사 와서 3개월만에 여기서 살고 싶지 않다고 전에 살던 집에서 살고 웨슬리가 병원에 있는 동안 아이들은 엄마가 있는 집에서 지내고 있었다. 땡볕에 달라붙은 머리칼을 그는 자동차 백미러를 보면서 단정하게 옆과 뒤로 빗어 넘겼다.

"웨슬리 행운을 빈다."

웨슬리가 사라지는 자동차 꽁무니를 보면서 아무리 말로만 하는 방송국 일이지만, 어눌해진 상태로 왠지 그는 더 이상 일을 할 수 없을 것만 같았다.

여름만 있는 남태평양 섬의 우기가 되면 예상할 수 없이 수시로 비가 내린다. 비는 점점 더 굵게 내렸고 턱을 괴고 창밖을 내려다보는 시간이 길어졌다. 작은 연못에 떨어지는 빗줄기가 고여있는 물과 부딪쳐 왕관을 만들어내고 있었다. 하늘에 구멍이라도 난 것인지 비는 바람의 움직임을 따라 쉬지 않고 내렸다. 비에 젖은 키 작은 해바라기가 고개를 숙이며 비를 맞고 물먹은 잔디가 파랗게 솟아올랐다. 연못에 떨어지는 굵은 빗방울을 바라보며 생각했다 꿈을 꾼다는 것은 뇌에 저장되어 있던 기억이 아니더라도 어느 순간 상상이 이어질 수도 있겠지만 아주 생소한 꿈이라면 환경에 지배되어 만들어지는 것일 수도 있었다. 수면 속에서 마주했던 것이 현실에서 대체로 기억할 수 없거나 잠시 남아있다 사라지는 것이 꿈이다. 그런 꿈이 기억에서 지워지지 않고 같은 꿈을 꾸었다는 것과 내가 살고 있는 집의 한 장소라는 것이 정신병의 일종이거나 영매에 걸러든 것은 아닐까? 생각하다 비를 맞고 서라도 밖에 나가고 싶은 충동을 느꼈다. 아무도 보는 사람이 없는 것 같아서 비를 맞으면서 잡풀을 뽑고 화초를 옮겨 심었다. 우비 옷을 입었지만 흐르는 땀으로 온몸이 젖어있었다. 옆집 웨슬리의 집과 경계를 나타내는 오래된 담장은 검은 이끼를 타고 용과(Dragon fruit) 넝쿨의 뿌리가 뒤엉켜 있었다. 선인장과의 용과 나무는 가시 때문에 아무도 접근할 수 없어 보기 흉하게 늘어진 가지와 뿌리를 낫으로 쳐냈다.

"제이! 제이. 너 몇 시간 째 비를 맞고 있는지 알고 있니?"

"안녕, 재키 비가 와서 화초 옮겨 심기 아주 좋은 날이야."

"그만하고 와서 포도주 한 잔 해. 오래 비 맞고 있으면 몸에 해로워."

친절한 윗집 부부는 나를 지켜보고 있었다. 그렇다고 의도적으로 지켜본 것은 아니었다. 그들은 습관처럼 틈만 있으면 발코니에서 바다 경치를 보면서 포도주를 마셨다. 남편보다 키가 큰 아내는 중독된 포도주 때문인지 그녀는 건조한 피부는 햇빛에 노출되어 잔주름이 깊었고 냄새 또한 옷에 배어있는 것인지 아니면 그들만의 몸에서 나는 냄새인지 싱그러운 포도 향이라면 좋겠지만 인간의 몸속에서 또다시 숙성된 향기라서 그런지 그리 유쾌한 향기는 아니었다.

"제이, 조심해, 경찰이 오면 너를 잡아갈 수도 있어. 하하하하."

움찔하면서 윗집 부부를 쳐다보니 재키와 앤디는 반쯤 담긴 포도주 잔을 들고 유쾌하게 웃고 있었다.

"경찰이 할 일 없이 나를 왜 잡아가겠어?"

"하하…, 비를 맞고 계속 일하고 있는 것을 보면 제정신으로 볼 사람이 없어."

"제이. 농담이야. 그렇지만 너처럼 비가 오는데 쉬지 않고 일하면, 누군가는 너 약을 한 줄 착각할 거야."

"하하하. 그럴 수도 있겠다. 알려줘서 고마워."

한심하게 비를 맞아 가면서 극성을 부렸다는 것을 알면서도 꽃과 나무들이 있어야 할 곳에 옮겨 놓은 것이 만족스러웠다. 비 맞은 몸을 뜨거운 물 속에 담그고 만족한 일요일 하루를 보냈다는 행복도 잠시 더 이상 따뜻한 물이 나오지 않았다. 물탱크가 오래되어 문제가 생길 거라는 예상을 하지 못했다.

아침부터 물탱크를 확인하러 집을 수리했던 사람이 왔다. 물탱크실 문을 열자 이미 축축하고 습한 냄새가 났다. 결국 물탱크는 교체해야 했다. 물탱크에 남은 물을 호스로 다 빼내고 베테랑 전문가 두 남자가 빈 탱크를 밖으로 들고 나간 자리에는 부식되어 떨어진 것들과 오래된 먼지가 쌓여있었다. 작업자들이 다시 들어가고 나는 그들이 치우는 것을 보고만 있었다.

"어? 이거 작살 아니에요? 옛날에 원주민들이 물고기를 잡을 때 쓰는 것 아닌가?"

작살의 손잡이에는 상형 문자처럼 조각이 새겨져 있었고 칼날은 녹슬어 부식되어 있었고 손잡이에는 뻣뻣한 멧돼지 꼬리 털이 묶여 있었다.

"아니 그림을 왜 여기다 놓았지? 병풍인데 골동품은 아닐까?"

작업자들이 건네준 병풍은 표구 된 모서리만 봐도 오래되어 보이는 길이 170cm 정도 높이에 90cm 정도의 4

단 병풍이었다. 눈이 덮인 산과 얼어붙은 호수 적막한 사찰과 늘어진 소나무 가지에 하얀 눈이 덮인 고즈넉한 풍경의 그림이었다.

"이거 동굴을 인위적으로 막은 것 같은데요."

"동굴? 동굴이라고요?"

"애초에 동굴을 물탱크 놓는 장소로 아주 현명한 선택을 했네요."

작업자들은 내일 새로 물탱크를 설치하기로 하고 그들은 빈 물탱크를 가지고 갔다. 깨끗하게 먼지를 털어내고 거실로 옮겨 놓은 병풍과 작살은 장식품으로 제자리를 찾은 것 같았다. 병풍 모서리에 희미하게 보이는 빨간색의 낙관을 아무리 봐도 화가의 이름을 제대로 알아볼 수 없을 뿐더러 몇년도의 그림인지 알 수 없었다. 표구 모서리는 고가구에 사용된 동으로 만들어져 있는 것으로 보아 아주 오래된 그림 같았다.

추수감사절이 되었다. 웨슬리의 집에서 전자 기타 소리가 들렸다. 언젠가 웨슬리는 아들에 대하여 천재적인 기타리스트가 될 것이라고 자랑을 했었다. 기타 소리를 좋아하던 나는 예상하지 못했던 저 싸이키한 정신 사나운 소리를 언제까지 들어야 하는지 멈추게 하는 방법을 생각해야 했다.

"웨슬리. 웨슬리! 여보세요!"

벨을 누르고 큰 소리로 불러도 요란스러운 전자 기타 소리 때문인지 한참이나 문을 두드린 결과 문이 열렸다. 검은 머리를 길게 내려트린 소녀가 검은 벨벳 원피스를 입고 검은 눈동자로 무표정하게 쳐다보았다. 평범하게 보이지 않는 소녀에게 조금 당황하여 머뭇거렸을 때 웨슬리보다 키가 더 커 보이는 남자가 검정 가죽 점퍼와 가죽 바지를 입고 언제 머리를 감았는지 기름기가 자르르 흐르는 어깨까지 내려온 굽실한 검은 머리를 뒤로 넘기면서 기타를 메고 소녀 뒤에 서 있었다.

"네 아빠 있니? 나는 옆집에 사는 사람인데 이거 한국의 추석 음식이야 아빠하고 함께 먹어."

검은 눈을 껌벅거리면서 아무런 표정 없는 소녀는 홈이 파인 접시에 담긴 잡채를 받았다. 어눌하게 보이는 웨슬리의 딸과 아들이 더운 날 땀을 흘리면서 가죽옷과 두꺼운 검정 벨벳 드레스를 입은 모습이 기괴하게 보였다.

바람도 불지 않고 파도 소리도 들리지 않는 무섭도록 조용한 날 하늘은 온통 잿빛으로 음습했다. 태풍 셔터로 밖은 완전히 차단되어 볼 수는 없지만 태풍 셔터 사이를 뚫고 전자 기타 소리가 싸이키하게 쉬지 않고 들렸다. 얼마나 큰 태풍이 올 것인지를 걱정하면서 슈퍼에서 사 온 야외용 스토브와 가스, 물과 식료품을 확인했다. 태풍이 지나가면 전기가 나갈 수도 있고 수돗물이 끊어질 수 있다는 것을 알기 때문에 물을 욕탕에도 빈 페트병까지 저장해 놓았다. 밤 10시경이 되자 태풍 셔터가 흔들리면서 바람 소리와 미친놈의 전자 기타 소리가 정신 사납게 들리고 있었다. 시간이 지날수록 강력한 바람과 함께 폭풍우가 집과 집 사이로 알 수 없는 온갖 무서운 소리를 내며 지나가고 있었다. 새벽이 되어도 잠을 잘 수 없이 공포의 굉음 소리와 세찬 바람 소리가 벽에 부딪치거나 무언가 무너지고 부서지는 소리는 지상에 모든 것을 휩쓸고 지나가는 것 같았다. 계단으로 쿵쿵거리며 누군가 올라오는 소리와 문이 흔들리는 소리는 더 이상 참을 수 없이 공포스러웠다. 작은 욕실 창으로 밖을 내다보았다. 뽀얀 구름이 둥근 원을 만들면서 '쉬… 휘… 쉭' 살벌한 소리 내며 거대한 꼬리가 있는 형상이 웨슬리네 집 앞을 지나가는 모습은 구름으로 변장한 괴물이 지나가는 공포 영화 같았다. 밤을 꼬박 새고 아침이 밝았다. 태풍이 할퀴고 간 자리에 나무들은 초토화되어 쓰러져 있었고 정원엔 어디서 날아온 것인지 잡동사니들이 널려 있었다. 철제 대문이 휘어지고 대문 밖은 더욱 처참하게 전봇대가 쓰러져 언제 전기가 공급될지는 알 수 없는 상태였다.

 벌써 3주째 집 주위를 원상 복구하면서 촛불과 플래시로 불을 밝히고 가스 버너로 먹을 것을 해결하고 있었다. 태풍이 휩쓸고 간 것은 지나간 꿈도 함께 사라진 듯이 무료한 시간을 아래층에 내려가 정원을 바라보았다. 집 밖에는 전봇대를 세우는 복구작업을 하는 모습이 보였다. 해가 지기 전에 아래 층에서 벗어나야했다. 나는 용감하게 계단으로 올라갔다. 땀에 젖은 목덜미가 계단 중간에서 차갑게 느껴졌다. 한동안 잊고 있었다. 보이지 않는 누군가 내 뒷모습을 보고 있는 것 같았다. 얼른 문을 열고 들어와 문고리를 잠갔다. 요즘 세상에 귀신은 없다고 믿으면서도 내 잠재의식 속에 문제가 있는 것은 아닐까? 나는 지금 미쳐 가는 것일까? 이 비밀을 나만 알고 있어야 했다. 그렇게 인정하고 회사에 출근하고 퇴근 후의 나에 일상은 긍정적이었다. 윗집 발코니에서는 석양을 보면서 오스트레일리안 부부는 여전히 다정하게 웃으면서 포도주를 마시고 있었다. 자동차 클랙슨 소리가 담장에서 들렸다. 옆집 웨슬리였다.

"안녕. 제이 너희 집은 태풍에 문제는 없었니?"
"웨슬리 우리 집은 괜찮아 그런데 너 집에 있었니?"
"그동안 와이프 집에서 지내다가 어제왔어. 그런데 제이 잠깐만 나와봐."

웨슬리는 거실 뒤 창을 열고 있는 나를 어떤 비밀 이야기라도 할 듯이 담장까지 나와 보라고 손짓을 했다.

"어젯밤에 너희 집으로 들어가는 남자를 보았어 남자친구니? 어두워서 자세히는 보지 못했어?"
"뭐? 아무도 오지 않았는데? 네가 꿈꾼 것 아닐까? 후후훗."

달빛 휘황한 밤하늘에 무수한 별들이 우수수 떨어질 것 같다. 사뿐사뿐 발소리도 들리지 않게 아주 은밀하게 어두운 동굴로 들어가고 있었다. 발가락에 진득한 물기 먹은 흙이 발가락 사이로 삐져나왔다. 동굴 벽은 축축하게 젖어있었다. 동굴을 지나 숲속은 연초록 나뭇잎들이 안개로 뿌옇게 덮여있었다. 하늘을 가린 웅장한 나무줄기는 파릇한 이끼가 덮여있었고 작은 나뭇잎 위에는 물방울이 영롱하게 매달려 있었다. 수런거리는 사람들 목소리가 들렸다. 나는 얼른 나무 뒤에 숨어서 그들을 보았다. 판판하게 다져 진 바닥에 어른에서 어린아이들까지 겁먹은 모습으로 소리 없이 눈물을 흘리며 망연자실한 모습으로 두려움에 넋이 나간 사람이 있었다. 그들 앞에는 커다란 나무에 한 남자가 묶여 있었고 그 앞에 작달막한 키에 군복을 입고 긴 칼을 들고 있는 일본군이 서 있었다. 또 다른 십 여 명의 일본군은 앉아 있는 사람들을 포위한 듯이 둥그렇게 사람들 뒤에 서 있었다.

"この島はこれから大日本帝国天皇の島である!(이 섬은 대일본제국 천황의 섬이다!)"

칼을 높이 쳐든 일본군이 모여있는 사람들을 향해서 목소리를 높여서 말을 하고 있었다. 나무에 묶여 있는 사람 앞에서 긴 칼을 높이 쳐드는 순간 사람들은 눈을 감거나 고개를 돌렸다. 나는 이곳을 빨리 벗어나야 했다. 만약 저들에게 들킨다면 나를 죽일 것이다. 얼어붙은 발이 무거워 움직이지 않았다. 엉금엉금 기다가 뒤돌아보았을 때 칼을 들고 있던 일본군이 나무에 묶여 있던 사람의 목을 내리쳤다.

'아… 악.' 비명과 함께 사람들의 울음소리가 들렸을 때 땅에 떨어진 얼굴에서 눈이 나를 보고 있었다. 나는 네 발 달린 동물처럼 기어서 캄캄한 동굴에 들어갔다. 발가락 사이로 느껴지는 찐득한 느낌은 마치 시체 썩은 물이 고여있는 곳을 밟고 지나가는 오싹한 느낌으로 악몽에서 깨어 났다. 커튼 사이로 햇살이 눈부시게 빛나고 있었다. 그 눈동자 그 칙칙한 동굴을 걸었던 발가락의 감촉이 참으로 더럽고 끔찍해서 화장실로 들어가 변기통을 잡고 구역질을 했다.

나는 점점 불면증으로 수면제를 먹고 겨우 잠을 자려고 노력하지만 잠드는 것이 쉽지 않았다. 창밖은 환한 달빛이 비치고 있었다. 고양이가 앙칼진 소리를 내면서 쫓고 쫓기는 듯 고양이 소리마저 나를 괴롭혔다. 나는 고양이를 지극히 무서워한다. 아주 어렸을 때 고양이가 아기 울음소리를 내는 것을 듣고 고양이가 어디선가 아기를 훔쳐 달아나는 것이라고 생각했었다 적막한 밤에 바람이 또 나뭇잎을 흔들며 지나갔다. 밤하늘에 구름이 지나가도 바람이 불고 달빛과 별들이 영롱해도 이 언덕 마을은 밤이면 바람이 분다. 잠들기 전에 '이 집에 누군가 있다'는 생각에 '계단을 밟고 올라오는 소리가 들리지는 않을까' 습관처럼 '괴물이든 귀신이든 그 어떤 영혼이라도 목적이 무엇일까?'라는 생각을 했다. 잠들기 위해 습관처럼 최면을 건다. 이제 백에서 하나까지 거꾸로 세는 것도 완벽하다.

 아침 햇살이 빛나고 있는데 맑은 하늘에서 스프링클러처럼 비를 뿌리고 있었다.
 "레오! 레오. 어디 있어? 레오. 레오."
 아랫집에는 흰색 트럭을 타고 다니는 젊은 남자가 산다는 것은 알았지만 그의 아내가 있는지 아이들이 있는지 알 수 없었다. 늘 조용한 집에 한 여자는 담장 아래서 레오를 찾고 있었다.
 "안녕하세요. 좋은 아침이에요."
 여자는 담장 위에서 인사를 하는 내 얼굴만 보이는 나에게 아랫집 여자가 미소를 지었다.
 "안녕하세요. 우리 고양이가 집에 들어오지 않았어요. 혹시 당신 정원에 있나 봐 줄래요?"
 그녀는 부드러운 미소를 지닌 나이가 지긋해 보이는

반 백발 머리를 우아하게 올린 70대 노부인이었다. 생각해 보니 어젯밤에도 고양이들의 울음소리가 앙칼지고 자지러지게 들렸었다. 정원 구석구석을 대충 훑어보던 나는 대나무 밑에서 검은 고양이를 보았다.

아랫집 검은 고양이가 죽었다. 그것도 우리 집 정원에서 우리 집 담장 안에 멧돼지나 이구아나가 들어올 수 있는 것도 아닌데 축 늘어져 있는 고양이를 아랫집 우아한 부인은 눈물을 하얀 수건으로 싸 안고 눈물을 흘렸다. 고양이는 그 어떤 동물에게 물린 자국도 없었다. 싫어하는 고양이지만 아랫집 할머니가 슬퍼하는 모습이 애처로웠다.

어제 따 놓은 아보카도를 들고 아랫집에 도착했을 때 할머니는 흔들의자에 앉아 돋보기를 끼고 책은 무릎 위에 올려놓고 졸고 있었는지 눈을 감고 있었다. 참 곱게 세상을 살아온 듯한 모습이었다. 그녀가 눈을 뜨고 몸을 일으켰다.

"괜찮으세요?"

"고마워요. 나는 괜찮아요. 짝 잃은 루루가 가엾지요."

그녀는 아보카도가 담긴 바구니를 받아 작은 탁자 위에 올려놓았다.

"고마워요. 앉아요. 한국 사람이지요? 나는 로리에요."

"아. 나는 제이에요 고양이 때문에 마음이 아프겠지만 너무 슬퍼하지 마세요. 좋은데 갔다고 생각하세요."

나는 옆에 있는 똑같은 의자에 앉아 흔들거리며 하늘을 보았다. 원주민 로리는 중등 교사로 정년퇴직한 선생님이었다. 세 아들과 딸 둘을 낳았지만 다들 미국 본토에 살고 막내아들하고 둘이 살고 있었다.

"나는 여기서 태어나서 여기서 아이 다섯을 낳았어요. 그리고 여기서 세상을 떠나겠지요."

"아. 이 마을의 원주민이군요."

"그렇지요. 이곳은 15년 전까지만 해도 다 친인척이 살던 마을이었어요."

이 언덕 마을은 로리의 조상 대대로 물려받은 땅이었다. 길도 없고 가파른 지형이라서 미루나 열매나 열리는 척박하고 쓸모없는 땅처럼 보이지만 계곡에서 민물새우와 가제를 잡고 물고기를 잡아서 요리를 해 먹고 멧돼지와 사슴을 사냥해서 먹고사는데 걱정없었던 풍요로운 땅이었다. 그러나 이 땅을 일본군이 점령하여 길을 내고 굴을 파서 군사 기지로 사용되다가 1946년 태평양 전쟁이 끝나고 산은 민둥산이 되고 죽은 시체들이 누워있던 계곡의 물마저 썩어 아무도 긴 시간 동안 살 수 없었다고 했다.

사람들의 아픈 기억과 상처들이 저절로 아물 듯이 자연도 다시 살아나고 이 땅에 집을 짓고 다시 사람들이 들어와 살게 되었다고 했다. 미국의 원조를 받은 원주민들은 자식들의 교육의 중요성을 느끼고 하와이나 미국 본토로 유학을 보냈고 나이든 보모 세대와 달리 미국 본토에서 살려고 하지 이 섬에 다시 돌아와 살려고 하는 사람들이 드물었다. 로리도 미국에서 대학을 졸업하고 그녀는 역사를 가르치는 교육자가 되어 운명처럼 이 섬에 살아야 한다고 생각했다.

"제이, 당신이 이사 오던 날 한국 여자인 것 알고 반가웠어요. 내 아버지가 한국 사람이거든요."

"로리! 당신이 어떻게 한국 사람이라는 거에요? 정말 한국 핏줄이라면? 아버지는 살아계신가요?

그때 하얀 털을 가진 고양이 루루가 그녀 곁으로 다가와 그녀의 다리에 등을 비볐다.

"오호. 루루 그렇게 슬픈 눈으로 보지 말고 이리 올라와."

고양이가 말을 알아들었는지 로리의 무릎으로 뛰어 올

라갔다.

"로리 당신이 태어날 그 시대에 한국 사람들이 괌에 들어 왔던 건가요?"

"네. 내 어머니가 처음 사랑한 사람은 침략자 일본군으로 왔던 한국 사람이었어요. 어머니는 세상을 떠나기 전에 치매로 기억을 잃었지만 신기하게 전쟁 통에 만났던 일본군 한국 남자의 이야기를 자주했어요."

나는 로리를 보면서 한국 사람의 표식이라도 찾아볼 듯이 그녀를 바라보았다.

"나는 내 아버지가 한국 사람이라는 것을 숨기고 산 것은 아니고 사람들은 당연히 차모로 여자로 알고 있었지요. 굳이 밝힐 필요도 없고 믿을 사람도 없었지요. 괌은 늘 여름만 있어서 자연히 태양에 그을리니까요."

괌은 BC 1500년경 차모로족(Chamoros)이 살기 시작하고 1521년 마젤란(Ferdinand Magellan)의 원정대가 대서양을 지나면서 마리아나 제도를 발견하여 이 섬에 정박하게 되었다. 원주민들은 선원들을 침략자로 인정하고 섬을 지키기 위해 싸우면서 이 섬을 지배하려는 도둑들의 섬이 되었다고 도둑들섬(islannd of thieves)이라고 불렀다. 1668년 스페인의 식민지로 마리아나 제도가 되었다. 그 후 스페인은 미국과의 전쟁으로 1898년 파리 평화 조약이 체결되고 괌, 푸에르토리코와 필리핀을 이천만 달러를 받고 미국에 넘겼다. 이때부터 괌은 미국령이되었다. 1941년 12월 일본은 괌을 기습 폭격하고 괌에 주둔하고 있던 미군을 이틀 만에 손쉽게 점령했다. 괌 주지사는 일본의 포로가 되었고 일본은 괌을 대궁도(다이큐도)로 개명했다. 일본군은 원주민을 쉽게 제압하고 남자들을 가두어 노동 인력으로 만드는 폭군들이었다. 선량하고 낙천적인 섬 사람들은 코코넛과 파파야 바나나 멧돼지와 사슴이 있고 바다에서는 언제든지 물고기를 구할 수 있는 이 섬에서 순박하게 살던 사람들은 그리 길지 않은 순간에 가족들이 분열되고 억압되어 이유도 모르는 채 사라지기도 했다. 로리의 엄마 수잔이 13세가 되었을 때 오빠를 일본군이 데려간 뒤 소식이 없고. 수잔의 아버지는 가족을 지키기 위해 모진 수모를 겪어야 했다. 학교에서는 차모로어와 영어를 금지하고 침략을 정당화하기 위한 일본어를 교육했다. 1945년 7월 미군은 아갓 만과 아산 만으로 진격했고 일본군은 야포와 기관총으로 무장하여 저항했으나 미군은 7월 31일 아가나 수도를 점령했다.

패잔병들은 원주민들을 이끌고 정글로 피신했다. 더러 순박한 사람들은 이 섬을 쳐들어온 일본군이 자신들을 살리기 위해서 정글로 피신시키고 있다고 생각했다. 수잔네 가족도 동쪽으로 일본군을 따라 걷고 또 걸었다. 상공에는 여전히 전투기가 날고 폭격 소리와 총소리가 밤낮없이 들렸다. 일본군 일행 중에 한 사람이 수잔의 이름을 물어 보았다. 수잔은 학교에서 배운 어설픈 일본말로 이야기를 할 수 있었다. 다른 일본군이 없을 때 그는 영어를 사용했다. 그의 이름은 시미즈이고 한국인이라고 했다. 그는 일본으로 유학 갔다가 일본군에 강제로 징집된 것이었다. 한국 이름은 이청수, 전라도 나주 지역의 만석꾼의 아들로 태어나 동경 유학가서 원하지 않은 일본군복을 옷을 입게 된것이다. 이청수(시미즈)는 일본군들과 다르다는 것을 느낄 수 있었다. 그는 계곡에서 숨어 있던 일본군들은 서서히 원주민들과 함께 먹을 것을 구해 함께 먹고 함께 어울리며 숨어 지냈다. 밤이면 다른 일본군의 눈을 피해서 수잔과 이청수는 하늘의 별을 함께 보며 정을 나누었다. 수잔이 14세 때였다. 정글에도 일본군이 항복했다는 소식이 사진과 함께 뿌려졌고 항복하라는 소리가 쉬지 않고 들렸다. 어느날 패잔병 중에 원주민들을 잔혹하게 학대하던 일본군이 어린아이로 인정했던 수잔을 끌고 가는 것을 이청수는 뒤쫓아가 수잔을 구해주었다. 한동안 정글에서 둘은 가까워졌고 미군의 대대적인 수색으로 이청수는 미군에 잡혀갔다. 1946년 7월 열여섯 살의 수잔은 딸을 았다. 수잔은 3년이 지난 후에 어릴 적 친구와 결혼하여 네 명의 자식을 더 낳았으나 전쟁 속에서 사랑했던 한국 남자를 평생 잊지 않았다. 로리는 교직에 있을 때 일본군 전사자의 이름을 확인했으나 '시미즈'나 '이청수'라는 이름을 찾을 수 없었다. 어머니가 살아계시는 동안 아버지는 어디선가 살아 있었다.

"어머니는 말했지. 죽어서라도 다시 그 사람을 만날 수 있다면…. 어쩌면 그때 내 뱃속에 네가 있었다는 것을 알았다면 그는 이 섬을 다시 찾아왔을 거라 하셨지."

"하늘에서 분명히 만났을 거에요.."

전쟁 속에서도 수잔은 이청수와 함께 밤하늘의 별을 보았듯이 하늘의 별이 되어 함께 이 땅을 내려다 볼지도 모른다는 상상을 했다.

쿵쿵 철컥, 쿵쿵 철컥….

나는 아직 잠들지 않았다. 다만 보이지 않는 어떤 힘

에 눌려 일어날 수 없을 뿐이다. 꿈과 현실의 경계선에서 느끼는 정신적인 문제일까? 일어나야 한다 저 소리를 확실하게 알고 싶다. 침실은 습관처럼 환하게 불을 켜 놓았는데도 눈을 뜰 수 없었다.

아침 햇살이 눈이 부시게 맑은 날 바다는 은빛으로 반짝거리며 바람을 타고 있었다.

"로리. 점심은 먹었나요? 나하고 한국 식당에 식사하러 갈래요?"

"오. 정말? 나하고 함께 식당에 같이 가겠다고?"

로리는 소녀처럼 벌어진 입을 손으로 가리며 감동한 표정을 감추지 않았다.

"로리. 이건 된장찌개 불고기와 김치, 콩나물, 시금치. 아마도 당신 아버지도 먹었을 거에요. 그 시대에 아버지가 일본 유학을 했다면 아주 부유한 집안의 아들이었을지 몰라요."

백발의 머리를 곱게 빗은 로리는 부드러운 미소로 천천히 음식을 먹는 모습에서 한국 사람 모습을 느꼈다.

"로리. 나는 불면증이 있어요. 힘들게 잠들면 또 꿈을 꿔요. 꿈 때문에 잠드는 것도 두려워요."

집으로 돌아오는 자동차 안에서 집을 구입한 이유와

물탱크가 있는 굴. 꿈과 현실을 구별할 수 없는 꿈에 나타나는 소리를 이야기를 했다.

1945년 전쟁이 끝나고 미군은 대대적인 수색으로 잔인한 일본군이 부상당한 병사들을 굴속에 방치하여 미군들은 굴속의 숨겨있는 일본군 사망자를 수거했다는 이야기를 로리의 어머니에게 들었다고 했다.

"로리 영혼을 믿나요? 나는 사람이 죽으면 바람처럼 흔적도 없이 사라지는 것으로 생각했는데 가끔은 특별한 종교를 믿는 사람들에게 묻고 싶어요. 신은 존재하는 것인가? 죽은 사람들의 영혼은 존재하는 것인가?

가끔 난 망자의 혼을 볼 수 있었으면 해요. 꿈속에서 나타나는 일들이 죽은 영혼들일 수도 있지 않을까요?

"생각하지 말아요. 꿈은 꿈일 뿐이에요. 현실을 도피하는 사람에게 꿈과 망상이 다가오는 거니까요. 이곳은 많은 사람들이 피를 흘리고 죽어간 땅이에요. 어쩌면 전쟁으로 죽은 영혼들은 아직도 끝나지 않은 전쟁을 하고 있는 것인지도 모르지요. 하지만 공포스러운 곳이라고 생각하지는 않아요. 젊은 나이에 명령에 따라 전쟁으로 죽은 영혼들이 전쟁의 기억이 지워진다면 그들은 지금처럼 평화스럽고 아름답게 이 언덕에서 살고 싶지 않겠어요? 나는 그들이 어떤 사람이었든지 불쌍한 영혼들이라고 생각해요."

그렇다면 꿈속에서 일어나는 일들은 나의 망상이었다고 생각해야 하나? 꿈이 아니고 정말 현실 속에서 망자가 찾아온 것이라면…. 그런 일은 절대 일어 날 수 없다면 나는 지금 아픈 사람이다.

불면증을 달고 살면서도 하루 몇 시간씩 잠을 자야한다는 기본적인 생각을 하지 않고 살기로 했다. 어느때는
밤새도록 불을 환하게 켜놓고 텔레비전과 음악을 틀어놓고 오후 3시부터 8시까지 잠을 자기도 했다. 어릴때 시골 마을 사람들이 새집을 지으면 지신이 텃세한다는 말을 어디선가 들은 기억으로 버티다 보니 밤과 낮이 바뀌어 살아도 버틸만 했다.

앵무새가 죽었다. 노랑색숫컷 앵무새와 파란색 날개를 가진 앵무새를 집앞의 데크에 걸어놓고 화초들과 조화를 이루어 아침마다 아름다운 앵무새의 노래를 듣고 했다. 뿐만 아니라 앵무새 때문에 참새들이 몰려와 정원 구석의 대나무 숲에 무리지어 살고 있었다. 참새들이 놀던 정원에 심지도 않은 수수가 자라고 그 씨앗을 참새들이

먹고 있었다. 지나가는 사람들은 아름다운 내 정원을 담장너머로 구경까지 했다.

이른 아침부터 앵무새의 참혹한 모습으로 나는 윗집으로 달려갔다. 너무 끔찍했다. 천장에 걸려있는 좁은 창살 안에는 배가 불룩한 뱀이 나오지도 못하고 있었고 노란 앵무새는 충격으로 죽어있었다. 고맙게도 윗집 앤디가 가져가 해결해주었다. 그 충격 때문에 현관문에 들어설 때마다 혹시 뱀이 또 올까 싶어 코로락스로 자동차를 세우는 바닥까지 청소를 했다.

나는 3개월 동안 한국에 가 있으면서 심리적인 안정을 찾을 수 있었다. 아무도 없는 빈집은 잔디 깎는 사람이 가끔 정원을 정리해주고 윗집 부부는 발코니에서 아름다운 바다를 보면서 나를 기다려 주었다.

나에 일상은 지극히 정상적이었다. 아랫집 로리가 나무의자에 앉아 고양이 루루의 짝꿍으로 입양한 황색 고양이를 쓰담아 주고 있었다.

"로리 아줌마 잘 지내셨어요? 어머 고양이 이쁘네요."

검은 고양이를 무서워하던 내가 황색고양이가 예뻐보였다.

"내가 많이 기다렸어요. 요즘 내가 늙어서 그런지 자꾸 외롭다는 생각을 해요. 제이도 없이 빈집이 허전한데다가 옆진 사람이 죽고나서 집 주위가 너무 쓸쓸했어."

"누가? 누가 죽어요? 우리 옆집 웨슬리가요?

"그래요. 라디오 DJ를 했던 그 사람이 한동안 미친 것인지 비가 내리던 날. 그 큰 등치에 발코니에서 비를 맞으며 춤을 추기도 하고 정원에서 발가벗고 걸어다니더니 글쎄 자살을 했다고 해요."

믿을 수 없었다. 똑똑하고 착한 사람이라고 많은 사람들은 그렇게 알고 있었다. 내게도 많은 기억이 남아 있는 아직 젊은 사십대 초의 젊은 친구였다. 웨슬리의 집은 물이 흐르는 계곡옆이지만 풀숲에 가려 보이지 않는 계곡에서는 흐르는 물소리만 들렸다.

무엇이 그를 죽게 한 것일까? 아쉬울 것 없어 보였던 사람이 물론 그에 대해 내가 알고 있는 것은 없지만 최소한의 내가 알고 있던 모습들은 웨슬리가 죽을 만큼의 어떠한 이유는 없었을 텐데…. 그의 집은 아무도 없었다. 정원의 작은 분수에 물은 흐르지 않았고 잔디는 무성하게 자라 있었다 발코니에는 비둘기들이 앉아 있었다.

바람이 분다. 시월의 바람의 언덕은 갈대꽃으로 하얀 눈이 온 것처럼 남태평양 섬 괌에 유일한 가을이 찾아왔다. 여름만 있는 뜨거운 태양 아래 명령에 따라 전쟁에 목숨을 잃은 젊은 영혼들을 위해 계곡을 따라 구릉지에 하얀 갈대꽃은 면사포로 덮여 있었다. 춤을 춘다. 너울너울 갈대는 바람을 타고 휘파람을 불며 갈대숲을 지나간다. 밤이 되자 하늘에 별들이 내려다 보고 달빛에 담장을 에워싼 용과 덩굴에서 하얀 용과꽃이 전설 속에 죽은 영혼들이 담장을 넘지 못하게 유혹하는 하얀꽃이 피었다. 나는 아직 그들을 모른다. 가끔은 떨어지는 눈물과 바람소리로 그들의 흔적을 마주할 뿐이다.

사람은 누구나 태어나서 누구나 죽는다. 죽음이라는 것은 내 운명인 것이다. 나는 언제 떠날지 모르지만 이 아름다운 남태평양의 섬에 오래 머물고 싶다.

산들이 엄마

산들이 엄마

'팔자소관이라는 말을 믿느냐?'고 묻는다면 구시대적이라고 하겠지만, 종교적인 연관이 아니더라도 나는 그 언어로 인해 긍정과 인내를 배웠다. 7년이 지나는 동안 어머니와 딸, 거부할 수 없는 보이지 않는 끈을 놓을 수는 없었다. 누군가 그랬다. 미워하는 마음도 사랑이 남아 있기 때문이라고…. 생각해 보면 내 나이는 열여섯 살에 어머니의 나이는 서른일곱 살의 젊은 여자였다.

법성포로 가려면 송정역에서 조금 걸어서 고개만 돌리면 종합버스터미널이 나온다. 긴 시간만큼 지난날의 기억들이 꼬리에 꼬리를 물고 늘어졌다. 버스는 물도리를 지나고 있었다. 논에는 모를 심기 위해 저장된 물 위에 햇살이 부챗살처럼 눈부시게 물 위를 비추고 있었다. 기억 속에 시큼하고 구릿한 냄새가 나던 고물 버스는 자동문이 달린 튼튼하고 쾌적한 버스로 바뀌었고 뿌연 흙먼지가 꼬리를 따라오던 신작로 길은 콘크리트로 말끔하게 포장되어 있었다. 언덕 밭에서는 고개 숙인 구릿빛 밀보리 밭을 지나 더러는 이른 보리 타작을 하는 사람들이 있었다. 마지막 버스 정류장에 내렸을 때 하늘은 주홍색 노을빛이 서쪽으로 기울고 있었다. 연세가 지긋한 허리가 굽은 할머니와 중년의 남자 그리고 머리를 뽀글 하게 파마를 한 두 명의 아줌마가 내리자 버스는 다시 오던 길로 유턴을 하고 쏜살같이 사라졌다.

삼거리집, 베니어판에 검은 페인트로 굵게 써 붙였던 간판은 아크릴 간판으로 깔끔하게 바뀌어 낮은 지붕보다 높게 붙어있었다. 비가 오면 빗방울 소리가 들리던 양철 지붕도 바뀌었고 목재 미닫이문 또한 유리문으로 되었다. 그 옆으로 떡방앗간이 예전 모습 그대로 있었다. 추석 명절 때가 되면 떡방앗간집 굴뚝에는 온종일 연기가 모락모락 구름처럼 하늘로 날았었다. 방앗간 뒷집 흙담 아래 작은 화단에는 키 큰 칸나와 샐비어가 피어 있었다. 찻길 맞은 편에는 과자나 음료수 문구를 파는 잡화 가게

가 있었고 그 옆으로 내려가면 우물이 있었다. 사라진 것은 없지만 달라진 것은 있었다. 어머니는 당연히 이곳을 떠났을 것이다. 나는 해가 지기 전에 고개 너머 큰아버지 집으로 가야만 했다. 산언덕은 바람이 불 때마다 하얀 아카시아 꽃잎이 바람을 타고 폴폴 날리면서 코끝을 스쳤다. 아버지의 손을 잡고 큰집에 세배하러 가던 그 길이었다. 언덕은 하얀 눈이 쌓여있었고 맞바람이 불 때마다 매섭게 눈가루가 뺨을 스쳤다. 아버지는 칼날 같은 바람이 부는 겨울 언덕을 아홉살이 될 때까지 넓은 등에 업고 맞바람을 막아주었다. 아버지의 따뜻한 등 뒤에서 길게 만 느껴지던 비탈진 언덕길은 그리 먼 길이 아니었다.

큰어머니는 부엌에서 저녁밥을 하고 있었다.
"큰엄마. 안녕하셨어요. 기억나세요? 순덕이에요. 삼거리 순덕이."
큰어머니는 부지깽이를 들고 한참이나 부엌문 밖에 서 있는 나를 올려다 보았다.
"워매. 순덕이? 세상에 으짜까나? 니가 순딕이여?"
놀라서 고개를 내밀며 부엌 문을 잡고 한 말을 반복하

며 바라보았다. 들일을 끝내고 끌고 온 누렁 황소를 외양간에 묶어놓고 들어오던 큰아버지가 순덕이라는 소리에 다 큰 처녀가 되어버린 조카딸을 반가워했다.

"큰아버지 안녕하셨어요?"

"아이고. 순덕이구나. 그려 오느라고 고생했다. 니 엄니는 잘 지내시고?"

큰아버지는 내가 여느 모녀처럼 당연히 함께 살고 있다고 믿고 있었던 것 같았다. 큰집 오빠와 자녀들은 이미 다 결혼하여 이 집에는 노부부만 살고 있었다.

"많이 먹어라. 니 아부지가 모처럼 좋아하겠구나."

"참말로 징하네. 왜? 그동안 한 번도 오지 않았던 거여? 꿈에서라도 니 아부지가 보이지 않트나?" 큰어머니는 반가워하면서 볼멘소리를 했다.

"이제라도 왔으면 됐다."

그해 금사리 마을은 네 집이 한날에 초상을 치러야 했다. 아버지는 최선주의 부탁을 거절하지 못하고 흐린 날씨에 배를 타고 어망을 걷으러 나갔다가 태풍에 배가 뒤집혀서 목숨을 잃었다. 태풍이 지나가고 마을 사람들과 경찰은 바닷가로 죽었을 사람들을 찾아나섰다. 이틀이 되

산들이 엄마 · 159

던 날 아버지는 금사리 모래밭에 반듯하게 하늘을 보고 누워있었다. 마치 살아있는 사람 같았다. 객사한 사람이라고 집안으로 들여오지도 못하고 오색천이 날리는 상여를 타고 아버지가 떠났다. 내게는 어머니의 통곡 소리는 아직도 지워지지 않는 슬픔이었다. 아버지가 떠난 뒤 어머니에게 있는 재산이라고는 집과 척박한 산밭뙈기 하나뿐이었다. 나는 아버지가 떠났다는 슬픔으로 말이 없는 조용한 아이가 되었고 상복을 입은 슬픔이 가득 쌓인 어머니의 처연한 모습은 내 슬픔마저 드러나지 않게 감추며 지냈다. 어머니와 나는 그렇게 떠난 사람을 가슴에 묻고 아무렇지도 않은 일상의 모습으로 지냈다.

내가 중학생이 되었을 때 어머니는 삼거리에 술집을 차렸다. 어머니는 나를 위해서 돈을 벌어야 했지만, 나는 술 파는 엄마가 부끄러웠다. 어머니는 술에 취해 구성진 목소리로 노래를 부르는 모습은 가련하고 불쌍하다가 도 천박한 모습에 화가나 귀를 막았다. 어머니로 인해서 궁핍함을 면할 수 있다는 것을 알고 있지만, 늦은 밤 술 냄새를 풀풀 풍기면서 부스스한 머리를 하고 내 방에 들어와 손가락에 침을 바르며 돈을 세어 반닫이 깊숙이 넣고 열쇠로 잠그고 나가는 뒷모습은 흡사 동화에 나오는 마귀 할망구 같은 모습이었다.

부부만 살고 있는 집은 안방만 사용하고 작은방은 창고로 사용하고 있었다. 큰아버지는 하루 농사일이 버거웠는지 쉽게 코를 골며 잠이 들었다.

"큰엄마, 저 엄마하고 함께 살지 않아요. 어디 있는지 소식도 몰라요."

큰엄마가 벌떡 일어나는 것을 보니 조금은 놀란 것 같았다. 엄마는 4년 전에 왔었다고 했다.

"지금 생각해 보니, 니 소식을 알려고 왔었는지도 모르겠다. 으째 까잉 불쌍한 것 니 혼자 을매나 고생한겨?"

큰엄마는 내 손을 잡으며 내가 떠난 뒤에 있었던 이야기를 했다. 삼거리에서 난리났던 어머니의 소문은 이웃 동네 큰집까지 알게 되었고 큰집 오빠가 삼거리 집에 도착 했을 때 약을 먹었는지 다 죽어가는 어머니를 트럭에 태워서 왔다고 했다. 다행스러운 것은 외딴집이어서 사람들 모르게 기력을 회복하고 떠나기 전에 어머니는 아버지 산소에 가서 한없이 울었다고 했다.

"순덕아, 니 엄니 불쌍하지 않냐? 젊은 여자가 과부가 돼서 딸 하나 잘 키우려고 술 장사하다 보면 억울한 것도 있었을 거여. 어디 좋아서 술장사를 했것냐? 부모 맴

이어…. 니엄니 만나면 미안하다고 혀, 알긋냐?"

 숲길은 싱그러운 연초록의 풀잎들 사이로 하얀 들꽃들이 피어있었다. 수풀 속에는 나리꽃이 피어있었다. 풀잎 하나도 태어난 것에 아름다운 조화를 이루고 있었다. 그동안 나는 태어난 것에 감사할 줄 모르고 너무 일찍 내 곁을 떠난 아버지를 찾아오지 않았다. 아버지 산소에는 유난히 제비꽃이 많이 피었다. 아버지의 웃는 모습이 떠올랐다. 나는 왜 울지 못할까? 아버지가 떠나는 장례식 날 상여를 붙잡고 통곡하는 어머니옆에서 나는 눈물을 흘리지 않았다. 아버지가 영원히 떠났다는 것을 실감하지 못했기 때문이었다.

 삼거리집, 어머니의 움직이는 모습이 흑백 영화처럼 그 때 그 자리에 머물러 있었다. 미닫이문을 열면 4개의 테이블이 있었고, 작은 마루를 사이에 두고 양쪽에 방이 있었다. 여름이면 어김없이 뒤 창문을 열면 시원한 바람이 들어왔고 담장을 기댄 덩굴 장미가 빨갛게 피어 있었다.

 여름밤 뒤뜰에 마른 쑥 한 단을 태워 창으로 쑥 냄새가 집안으로 가득 들어왔다. 더운 여름날이었다. 술 손님도 없는 한가한 날 어머니는 텔레비전을 보다가 힘없이 잠이 들었다. 달빛은 구름에 가려 푸르스름하게 창가를 비추고 있었다. 나는 습관처럼 미닫이문을 닫고 양쪽 끝에 긴 각목으로 문이 열리지 못하도록 문 사이에 놓고 방 문고리에 숟가락을 거꾸로 꽂아 놓았다. 그것은 유일하게 밖에서 아무도 들어올 수 없는 잠금장치였다. 악몽을 꾸고 있는 듯 누군가 세차게 문을 차는 소리와 함께 날카로운 목소리가 들렸다. 미닫이문이 흔들리고 유리창으로 불빛이 움직이고 있었다. 건넛방에서는 어머니와 남자의 작은 목소리가 들렸다.

"엄마! 엄마! 무슨 일이야?"

"순덕아. 별것 아니야. 밖에 나오지 말고 방문 꼭 잠그고 있어."

누군가 무척 화가 난 여자의 날카로운 목소리가 들렸다.

"문 열어! 이 연놈들 나오라고 나와!"

문이 부서질 것처럼 발로 차고 불빛이 이리저리 움직이고 있었다. 삼거리에 사는 사람들이 소란스러운 소리에 나와서 구경을 하는지 웅성거리는 목소리가 들렸다.

"문 열어! 나와 나오라고 서방 잡아먹은 년이 서방 불

알 친구를 붙어먹어? 이 나쁜 년!"

"이 여편네가 돌았나? 야! 미쳤어!"

엄마 방에서 함께 있던 남자가 문밖으로 나가 욕지거리를 하는 여자를 번쩍 안고 데리고 가려고 하지만 아내는 악다구니를 쓰면서 뿌리쳤다.

"놔! 놓으라고 놔!"

"이 여편네가 알지도 못하면서 지껄여? 그만해!"

"흥! 내가 천치여? 이 야심한 밤에 저년 때문에 당신이 상사병이 난 건데 내가 모를 줄 알어?"

여자는 남편의 손을 뿌리치고 안으로 들어와 어머니의 머리채를 잡았다.

"그만해! 남사스럽게 무슨 행패야?"

남편의 말에도 그 여자는 어머니의 머리채를 잡고 질질 끌고 밖으로 나가면서 힘껏 뺨을 쳤다.

"여보! 그게 아니고. 아니라니까."

나는 엄마가 어떤 변명이라도 하길 원했지만. 엄마의 목소리는 들리지 않았다.

"영호 엄마! 그만 혀. 그러다 돌산댁 죽겠네."

왁자한 목소리들이 속에 방앗간 아줌마의 목소리도 들렸다. 영호 엄마? 방에 있던 남자는 영호아버지였다. 나는 어머니를 보호하려고 뛰어나가려던 순간, 발이 움직이지 않았다. 온몸이 떨리는 것을 억제하려고 아랫입술을 꼭 깨물고 있지만 사람들이 무서웠다.

"시상에나 어째 그럴 수가 있능겨. 시상에 남자가 없다고 해도 그렇지 믿을 사람 없네 그려."

"에그. 영호 아비가 원체 바람기가 있응께 사달이 난 거지라."

새벽별들은 하나둘 사라지고 어머니는 사자 갈기처럼 머리는 산발하고 멍하니 쪽마루 끝에 앉아 있었다. 어머니가 불쌍했다. 하지만 나는 엄마의 초라한 모습을 보고 싶지 않았다,

나는 뒷문을 열고 뛰기 시작했다. 새벽 하늘은 깊은 청색으로 나무숲은 아직 캄캄한 어둠 속이었다. 목적 없이 논둑길을 뛰었다. 누군가 뒤따라오는 것도 아닌데…, 저수지까지 왔을 때 청회색의 하늘이 서서히 밝아왔다. 웅성거리며 어머니에게 하던 말들이 벌떼처럼 윙윙거리며 들려왔다. 멀리 아버지와 함께 살던 마을이 보였다. 서러움에 흐느끼며 눈물이 멈추지 않았다. 뿌연 물안개가 검은 저수지를 감싸고 있었다. 체념한 듯 물안개가 사라지는 모습을 바라보며 고즈넉한 안정감을 느끼고 있었다.

무심결에 아침 이슬에 젖은 풀잎을 손으로 뜯어 저수지에 던지고 있었다. 풀잎에 베였는지 손가락 사이에 끈적한 피가 흐르고 있었다.

버스는 대덕리 물도리를 지나고 고개 숙인 밀보리가 황금물결을 치고 더러는 보리를 베는 사람들 또는 탈곡기에 보리 단을 집어넣는 모습들이 보였다. 구부러진 도로를 달리는 버스 창가에 기대어 눈이 부신 태양의 빛 속에 떠다니는 무생물의 분자처럼 아버지의 영혼이라도 나를 볼 수 있기를 유리창에 손바닥을 펴 보였다. 지상의 모든 생물들은 뿌리를 내리고 사는데 나는 뿌리도 없이 지상에 떠다니는 미생물과 같았다.

해가 떠오르기 전에 들고양이처럼 집으로 향했다. 삼거리 집 앞은 어수선한 흔적들이 남아 있었다. 무방비 상태로 머리채를 잡히고 사람들 틈에서 망신을 당했을 엄마를 위해 나는 어떠한 방법이든 변명이든 변론이든 아무것도 할 수 없었다. 어머니가 신었던 하얀 고무신 한 짝이 문밖에 있었다. 엄마와 나는 말없이 서로의 방에서 한동안 나오지 않았다.

"밥 먹자."

엄마는 고개를 숙이고 차린 저녁밥을 먹으면서 아무 말도 할 수 없었다. 나는 '오해였다고 아니면 영호 아버지가 일방적으로 찾아온 거라고.' 변명이라도 해주길 원했다. 아무런 변명도 하지 않았던 엄마를 떠나 객지생활을 했던 나는 어머니가 만들어 놓은 덫에 걸린 것처럼 어머니의 남자였던 그의 아들 영원히 만나지 말아야할 영호를 만났다.

매서운 칼바람이 공덕동 골목을 휩쓸고 지나갔다. 퇴근길에 버스에서 내려 잔뜩 웅크리고 목도리를 아무리 싸매도 콧등이 시리도록 추웠다. 연탄재가 뿌려진 비탈진 골목을 지나 집앞에 다 왔을 때 문옆에 군복을 입은 건장한 군인이 서 있었다.

"순덕아! 순덕아! 나야 영호. 와! 우리 얼마 만이냐?"
"어. 여… 길 어떻게 알았어?"

반가워 할 수 없는 사람. 그렇다고 당장 가라고 우리가 만나서는 안 된다고 밀어낸다면 그 이유또한 말할 수 없었다.

"아, 춥다 나 너 기다리다가 여기서 동상처럼 얼어붙는 줄 알았어."

"여길… 어떻게?"

"그게 중요해? 아우 추워 나 여기 계속 서 있게 할거야?"

추운 겨울날 어떤 방법을 생각할 수도 없이 그는 방으로 들어오게 되었다.

"밥 먹어야 하는데 반찬 없어도 괜찮겠어?"

"무슨 소리야 군 바리 주제에 밥까지 주는데 김치 하나만 있어도 고맙지."

나는 어린 날에 우리가 서로 좋아하고 있었다는 것을 잊은 척했다. 그는 내가 왜 고등학교를 중퇴하고 고향을 떠나야 했는지 그는 알 수 없었을 것이다.

"낼 새벽에 기차 타야 하니까 그때까지 너하고 이야기도 하고 싶고…, 궁금했어. 어떻게 지내나."

나는 이블로 몸을 감싸고 있었고 영호는 나를 보면서 빙긋 웃었다.

"두렵니? 나 막돼 먹은 놈 아니다. 걱정하지마. 널 지켜줄게."

"무. 무슨 소리를 해 추워서 덥고 있는 건데."

"그렇게 정색할 건 뭐냐? 난 항상 널 좋아하는데 맹추처럼 널 아껴주고 있는 것도 모르고?"
"마지막 휴가라면 올해 안으로 제대하겠네?"
"그렇지. 제대하면 복학하고 사회에 나와 열심히 일해서 돈도 벌고 서울 사람으로 살아야지."
"그럼 금사리 사람들 실망하겠네?"
"하하하. 그렇긴 하지 우리 아버지 꿈이 뭔지 아니? 내가 국회의원 되는 거란다. 아버지의 희망일 뿐이지."
"서울에 있는 대학교 붙었다고 읍내에 현수막까지 붙었었는데 미래의 국회의원 가능하지 않아?"
"난 꿈 같은 것 기대도 없고 보이지도 않는 것에 희망을 걸지도 않아 그냥 주어진 것 열심히 하면서 살면 되는 거지 치열하게 경쟁하며 살고 싶지 않아."

군복을 입어서인지 넓은 어깨와 선한 눈매에 우뚝 선 코 구릿빛의 잘생긴 외모는 누가 봐도 듬직한 남자다. 그는 자신의 아버지와 내 어머니의 관계가 사실이든 아니든 몰라서 행복할 것이다.

나는 그때의 일이 지워지지 않아서 정신적으로 내 존재 만을 지키고 사는 것도 버거웠다.
금사리 사람들. 그들의 기억 속에 어머니와 나의 존재

가 사라지길 바라며 내 인생에 일부를 지우기 위해 노력했다. 우리는 어린 날을 이야기하다가 잠이 들었다. 잠결에 삐걱거리며 문 닫는 소리가 들렸다. 영호가 떠난 새벽의 방안은 썰렁한 냉기가 일었다.

유난히 춥고 긴 겨울 열흘이 지나도 영호가 앉아있던 방 한구석이 허전하게 느껴졌다.

일요일 아침, 문이 흔들리는 소리가 요란하게 들렸다. 주인집 대문 옆으로 어설프게 만들어진 쪽문은 바람만 불어도 삐거덕거리는 소리는 노크하는 소리와 분별할 수 없었다. 금사리 부모님과 보름 휴가를 지내고 철원으로 간다고 하던 영호가 양손에 보따리를 들고 문 앞에 서 있었다.

"빠꼼이 내다보지 만 말고 빨리 문이나 열어."

"뭐야? 난 부대로 복귀한 줄 알았는데."

"왜? 내가 와서 불만이냐? 이거나 받고 말해 나 손도 시렵고 팔 떨어지겠다."

보따리에는 바리바리 싼 밑반찬이 들어 있었다. 남자들은 들고 가라고 해도 들고 오기 쉽지 않은 음식 보따리를 들고 온 영호가 고마웠다. 영호 엄마는 자신이 싸준 음식이 돌산댁 딸이 먹을 거라고 상상도 못했을 것이다. 영호의 부대 복귀는 3일 후였다. 우리는 마치 가까운 친척처럼 어렸을 때 내 앨범을 보고, 라디오를 들으며 구석에 쌓인 책을 보는 것으로 시간을 보냈다.

"아, 아까운 하루가 지났다. 이제 부대로 들어갈 시간이 39시간 남았다."

영호는 부대 복귀 시간을 세고 있었다. 무심한 듯 그를 보았다. 순간 그의 눈동자는 갈망하고 있었다. 잘 다듬어진 콧날과 그 입술은 이미 내 이마에 닿았고 나와 상관없이 육신은 긴장되어 있었다. 사랑하면 안 될 사람이라고 그런 생각을 하고 있지만, 이미 그의 입술은 목덜미에 와 있었다. 눈을 감았다. 차마 그를 마주할 수 없었다. 그의 체취가 달콤하게 뇌리를 자극했다. 두려움에 그를 밀어내 보지만, 그의 품에서 벗어날 수 없었고 그의 입술에서 뜨거운 열기가 느껴졌다. 손끝과 밀착된 그의 가슴이 따뜻했다. 결코 사랑은 아니라고 단정하지만, 내 육체는 주체할 수 없이 요동치면서 그를 받아들이고 있었다.

"우리의 영혼은 세상에 태어나기 전부터 함께였어. 우리가 기억하지 못할 뿐이야. 내가 먼저 태어나서 100일 동안 너를 기다렸던 거야."

그는 점점 작아지는 목소리로 미소를 지으며 잠이 들었다. 나는 영호와의 관계가 사랑이든 우정이든 어떤 의미를 부여할 만큼 여자로서의 성에 대한 관념이 형성되지 않은 채로 어떤 미래가 다가올지 예상하지 못했다. 다음날 우리는 영혼을 맡겨버리고 무의식의 깊숙한 곳까지 하나가 되었다. 겨울 끝자락의 바람은 매서웠다. 영호는 철원 부대로 떠나고 나는 심한 몸살로 회사에 출근하지도 못했다. 어디서 부터 잘못된 것인지? 내 삶의 법칙은 무너지고 있었다. 외부적인 갈등을 통제할 힘도 없이 어리석게도 내 육체는 그의 품을 기억하고 있었다. 그렇게 3개월이 지나 임신한 것을 알게 되었다. 금사리 사람들과 영호 부모님이 알게 된다면? 상상만으로도 감당할 수 없는 일이다. 나는 불안과 두려움으로 7년 만에 귀소본능처럼 어머니를 찾아야했다. 엄마를 만난다 해도 내게 달라질 것은 아무것도 없을 것이다. 어떻게 해야 할지 이기적인 본능으로 나 자신을 위해서 그의 처분을 믿고 살아가거나 아니면 아무도 모르게 미혼모로 살아가는 방법뿐이다. 끝내 나는 임신한 몸을 숨기기로 했다.

"에구 임신한 몸으로 힘들지 않을까? 괜찮겠어?"

옆방 연이 엄마의 소개로 작은 인형에 팔다리를 끼우는 부업을 시작하게 되었다.

"괜찮아요. 고맙습니다."

"일감은 계속 있으니까 열심히 하면 먹고사는 것 걱정 없어."

연이 엄마는 회사 다니는 남편이 있지만, 다섯 살 딸아이와 세 살짜리 사내아이를 키우면서 부업을 하고 있었다.

"월요일에 수거하러 올 겁니다. 처음이니까 꼭 다 할 수는 없을 겁니다."

퍼석해 보이는 얼굴에 회색빛 작업복을 입은 중년의 남자가 삼륜차에서 포대 자루 다섯 개를 작은 부엌 바닥에 내려놓고 갔다.

"신랑은 언제 제대해?"

"아직 멀었어요…."

임산부가 혼자 변변한 세간살이도 없이 이사왔다고 호기심으로 들여다보는 연이 엄마에게 더 이상 충분한 대답을 해줄 수 없었다. 라디오에서 들려주는 낭랑한 목소리를 들으며 금발 머리에 파란 눈을 가진 인형 얼굴을 딱딱한 플라스틱 몸에 얼굴을 끼워 넣었다. 가늘고 긴 팔과 쭉 빠진 아름다운 다리를 가진 플라스틱 금발의 인형이 쌓였다. '무엇을 위해서? 왜? 살아야 하는지.'도 생각을 하지 않았던 나는 뱃속에서 아기가 꿈틀거릴 때 살아야 하는 이유를 알았다.

거진읍 시외버스 정류장에 내렸을 때 해는 서쪽에 기울어 있었다. 버스 승객들은 열 손가락을 셀만큼 한산하고 조용한 마을에 불과했다. 점심때가 지난 식당에는 네 개의 테이블이 있었고 한 테이블에는 세 사람의 건장한 남자들이 닭반데기를 안주 삼아 소주잔을 기울이고 있었다. 그들은 벌목공들인 듯 적송과 물푸레나무, 자작나무의 값어치를 이야기하고 있었다.
"저, 국밥 하나 주세요"
"산달이 다 된 것 같은데 뉘집을 가는거요?"
임산부라는 말에 세 명의 남자가 모두 고개를 돌려 쳐다보는 눈빛이 거북스러웠다.
"청암사 가는 버스를 타려고 해요. 어머니가 그곳에 계세요."
아주머니는 벽에 걸린 둥근 벽시계를 보고 버스 시간을 놓칠까 싶어서인지 얼른 양은 쟁반에 밑반찬과 함께 국밥을 가져왔다. 걱정스럽게 바라보는 동정어린 눈빛이 내 어머니도 저런 눈으로 나를 바라볼 것이다. 구불구불한 능선을 지나 털털거리면서 좁은 신작로 길을 마을버스 운전기사는 능숙하게 마지막 정류장인 청산마을에 도착했다. 절에 다녀온 사람들인지 간이의자에서 앉아 있던 사람들이 주섬주섬 일어서서 버스에서 내리는 마지막 승객이 된 배부른 임산부를 힐긋 쳐다보면서 버스에 올라타고 있었다. 산을 기대앉은 청산마을은 사찰이 있어서인지 비교적 현대적인 전원주택이 있고 사찰 입구를 알리는 표지판이 있어 쉽게 갈 수 있을 것 같았다.

어머니는 2년 전 회색빛 개량 한복을 입고 사촌 언니 집에 왔었다. '음식솜씨도 있고 술장사도 해본 여자라 서울에서 무엇을 하든 잘 할 수 있을 거라.'고 했지만 사촌 이모는 끝내 엄마를 붙잡지 못했다고 했다. 어머니는 왜 강원도까지 어떤 인연으로 사찰에서 밥하는 보살이 되었을까? 길가에 햇빛을 받은 마른 풀잎들이 발을 옮길 때마다 사각거리며 쓰러졌다. 바람이 불었다 황금빛 솔잎이 바람에 떨어져 황금 주단을 깔아 놓은 듯했다. 신작로 길옆 산 밭에는 수확 때가 지난 목화꽃이 마른 가지 위에 하얗게 피어 있었다. 한참을 걸었는데 지나가는 사람은 아무도 없었다. 길옆으로는 계곡물이 흐르는 물소리가 청량했다. 노란 산국이 이름 모를 들꽃들과 서로 엉겨 피어 있었다. 자동차 소리가 들렸다. 점점 가까이 자동차 엔진소리가 웅장하게 들렸다. 커다란 덤프트럭에는 벌목한 굵은 통나무가 실려있었다. 잠시 나무 뒤로 몸을 숨기고 트럭이 지나가기를 기다렸다. 크고 굵은 통나무를 실은 덤프트럭 4대가 연이어 지나가고 나서야 안심하고 신작로 길을 걸었다. 청명한 하늘에 산새 두 마리가 하늘을 날고 있었다. 높게 날고 있는 새들은 어디로 가야 하는지 알고 있을 것이다. 그들은 그들만의 길이 있을 것이고 어디에 집을 지어야 안전한지 허공을 날면서 집을 지을 곳을 찾고 있을 것이다. 새들은 잠자기 위해 집을 짓는 것이 아니라 태어날 새끼들을 위해 집을 짓는다. 가장 현명하다는 인간으로 태어난 나는 어찌 저 새들보다 못한 것일까? 아직 나는 길을 찾고 있다 어디로 가야 하는지 이 길이 옳은 것인지 뱃속에서는 아기가 꿈틀거리고 하늘을 가린 나뭇가지 사이로 빗살처럼 가을 태양이 눈이 부셨다.

조금씩 나는 지쳐가고 있었다. 간헐적인 통증이 일어

나기 시작했다. 잠시 통증이 멈추기를 기다렸다 다시 걷고 보이지 않는 청암사 가는 길은 고행이었다. 아찔한 현기증으로 순간 각막이 어두워지고 하늘에서 오색의 꽃들이 바람에 날렸다. 양지바른 언덕에 존재하는 것은 맑은 햇살과 부드러운 들풀과 나무들 내가 볼 수 있는 것들이 어둠 속으로 사라지고 있었다. 누구나 떠난다. 아버지도 그렇게 떠났다. 하지만 이 아이에게 세상을 보지도 못하고 함께 갈 수는 없다. 아직 나는 아이를 위해 살아야 하는데 희미하게 아버지의 얼굴이 보였다. 아버지. 아버지를 불러 보지만 아버지는 내 목소리를 듣지 못하고 바라만 보았다.

"아줌마! 아줌마. 정신 차려요. 아줌마!"

햇살이 내 얼굴을 비추고 누군가 희미하게 나를 깨웠다.

"세상에 산달이 된 몸으로 이 깊은 산에는 왜 왔을까? 혹시 나쁜 생각을 하고 온것은 아닐까?"

"애 가진 엄마는 모성애가 있어서 절대 나쁜 마음 먹지는 못할 거야."

웅얼거리듯 희미하게 들려오는 목소리를 들으며 정신

을 겨우 가다듬고 가늘게 눈을 떴다. 모르는 사람들이 나를 내려다 보고 있었다.

"에구 산 달에 어떻게 여기까지 온 거요 그래?"

어리석게도 나는 '아기가 언제 태어날 것인지?' '산달이 언젠지?'를 확실하게 산부인과에 가서 알아봐야 한다는 상식적인 것도 몰랐다. 배가 또다시 뒤틀리고 있었다.

"애가 곧 태어날 것 같으니 두려워 말아요. 편안하게 우리를 믿어요. 우리는 이미 다 겪은 일이니까 믿고 숨을 한번 크게 내 쉬고. 힘을 내야 해요."

"죄송합니다. 감사합니다."

따뜻한 방에 누워있게 하고 아주머니는 내 손을 잡아주었다. 다행히 나는 어머니 곁에서 출산할 준비로 배냇저고리와 기저귀를 가져온 가방을 아주머니가 열어보고 있었다. 그것은 옆방 연이 엄마와 함께 준비한 것들이었다. 온몸이 바들바들 떨리고 두려움과 온 뼈마디가 부서지는 것 같은 통증을 견디면서 어머니를 생각했다. 어머니와 헤어질때 반다지에 깊숙이 숨겨두었던 돈뭉치를 가방 밑바닥에 넣주던 어머니와 나는 서로 눈도 마주보지 못하고 헤어졌다. 상체를 덮어준 이불을 뭉쳐서 힘껏 잡았다. 몇 번이고 힘을 주지만 지쳐서 잠이 들것 같았다.

"안 돼! 정신 차려! 정신 차려요!"

자꾸 눈꺼풀이 내려오고 상체를 붙잡고 있던 아주머니가 뺨을 치면서 잠들지 못하게 했다.

아기 울음소리가 들렸다. 사내아이가 태어났다. 땀으로 흠뻑 젖은 머리칼이 목덜미를 덮고 있는 것을 아주머니는 수건으로 땀을 닦아주고 머리를 고무줄로 묶어주었다.

"아이고 고생했어요. 사내아기가 이목구비가 잘생긴 장군감이에요."

"세상에 천만다행이지 은석이가 두 사람 목숨을 구했어."

은석이? 산길에 쓰러져 있는 나를 구해준 사람이 은석이라는 것을 알았다. 아기를 씻기고 배냇저고리를 입혀 내 옆에 눕혔다.

서리가 하얗게 덮인 산언덕이 창문으로 보였다. 이곳이 어디인지 나는 모른다. 이 집 주인은 60대 부부와 아들이 있고 이모님이 가사일을 돕는 것 같았다. 이 집 사람들은 뜻하지 않게 임산부를 집에 들이고 아기를 출산한 것에 대해서 좋은 일이 있을 거라며 듣기 좋은 말을 했다.

"감사합니다. 이제 일어나도 될 것 같아요 제가 할 수 있는 일을 알려주세요."

"아이쿠. 아직 바람을 쐬면 산후풍이 와요. 가족들한테 우리가 연락해줄게 주소를 알려줘요."

흰 머리를 굽실하게 파마를 한 아담한 체구에 부드럽고 자상한 목소리로 조심스럽게 말했다.

나는 오래전에 헤어진 어머니가 청암사에 있다는 말을 전해 듣고 찾아가는 길이었다고 했다. 아이 아빠에 대해서는 말할 수 없어 죄송한 마음에 고개를 숙였다. 친절한 사람들은 청암사에 갔었으나 어머니는 일년 전에 이미 청암사를 떠났다고 했다. 세상이 모두가 하얗게 흰 눈으로 덮여 마치 단절된 세계에 와 있는 것 같았다. 다행히 아기는 순하게 먹고 자고 울음소리도 들리지 않았다. 한겨울의 젖소 목장은 넓은 목축장에 건초를 넣어주고 유츱기로 젖을 짜 놓으면 우유차가 와서 가져가는 것이 반복될 뿐이었다. 목장 식구들은 아기를 볼 때마다 감탄하며 행복해했다. 날씨가 풀리면 나는 이곳을 떠나야 한다. 아마도 저 우유 차를 얻어 타고 가게 될 것이다. 앞을 보아도 뒤를 보아도 온통 백색으로 흰 눈에 덮여있는 능선을 넘어온 겨울 햇살이 창문을 비치고 있었다.

고은석, 나와 내 아들을 구해준 그 사람은 말없이 눈인사를 나눌 뿐이었다. 나는 그에게 고마움에 인사를 하려고 했지만 마치 숨바꼭질을 하듯이 은석은 이미 목축장으로 나갔거나 일이 끝난 후 이미 2층으로 올라간 후였다. 그 사람이 현관문을 열고 들어오면서 나와 눈이 마주쳤다.

"저…. 고마워요."

"아. 네."

그는 짧게 대답을 하고 다리를 절룩거리며 2층으로 올라갔다. 그는 쓰러져있는 나를 불편한 몸으로 차에 태웠다. 얼마나 힘들었을지 그래서 더욱 미안하고 고마웠다.

"하루 이틀도 아니고 계속 눈이 내리네요."

우리는 조금씩 익숙해지고 있었다. 눈내리는 모습을 바라보면 어느새 그는 내 뒤에 서 있었다.

"여기는 사월까지 눈이 녹지 않아요. 심심하면 2층에 책 있어요. 같다 보세요."

주방과 거실을 청소하고 계단을 청소하면서도 그가 사용하는 2층을 올라갈 수 없었다. 겨울 햇살이 복도끝 유리창을 비추고 있었고 벽면은 빼곡하게 책이 있었다. 그는 계단을 올라와 두리번거리는 내 곁에 서 있었다.

"그런데…, 책방하셨어요? 왜 이렇게 책이 많아요?"

표정도 없이 어찌 보면 냉정해 보이는 짙은 눈썹에 우수에 찬 눈빛 표정을 읽을 수 없는 사람. 그에게 일부러 말을 걸었다. 그것이 그에게 고마운 마음을 표현할 수 있는 방법이었다.

"이거 읽어보실래요?."

그는 동문서답을 하면서 책을 내려놓았다. 책 표지 그림이 추상적인 얼굴 반쪽만 그려져 있었다.

"내가 재미있게 읽은 책인데 그쪽은 이런 책이 어떨지 모르겠네요."

"그래요? 표지 그림이 추상적이네요."

"나도 그런 생각을 했어요. 내용은 코르시카 태생의 나폴레옹에게 유린당했던 독일인들이 평화조약이 체결된 후에 일어난 일들을 소재로 쓴 작품이에요."

"전쟁소설은 재미없을 것 같은데. 정말 재미있게 읽었던 것 맞아요?"

나는 농담처럼 말했지만, 내 취향도 아니고 사실 재미없을 것 같았."

"정말 추천하고 싶어요. 서정적이고 악의 없는 타타르인들이 전쟁 후 변화된 광란의 1814년 이야기인데 인간은 누구나 보복심리가 있나 봐요. 나폴레옹을 도왔던 사람들의 후손인 아들이 비난의 화살로 모진 고통을 받고 아버지의 심복인 여자가 불쌍히 여기고 도와주다가 사랑을 하게 되는 아주 독특한 스토리에요."

"그런데 어떻게 해서 이 첩첩산중에서 목장을 하게 되었어요?"

소아마비로 다리를 절고 있지만 예사롭지 않은 사람 같아서 엉뚱한 질문을 했다.

"음…. 우리 할아버지는 제주도 고씨 집안에서 태어났어요. 할아버지가 터를 잡고 살기 시작한 거지요."

그는 소심한 성격이 아니었다. 오히려 자상하고 따뜻한 마음을 가진 사람이었다. 그의 할아버지는 제주도에서 서울로 유학하다가 6.25전쟁 때 북한군에 의해 학도병이 되었고 북한군이 퇴각하면서 강원도에 낙후된 후 집안에서 빨갱이로 낙인되어 제주도를 갈 수 없었다. 구한말 제주도에서 말을 키워 한양으로 보냈던 집안의 핏줄이어서 그런지 할아버지는 화전민을 만나 이곳에서 닭을 키우고 소를 키우다가 시대가 바뀌어 젖소를 키우게 되었다고 했다. 할아버지는 살아생전 자식이나 손자가 도시로 나가 사는 것을 두려워했다. 한때 은석은 서울에서 공부

했지만 적응 못하고 다시 산골로 들어왔다고 했다. 그는 내가 고마워하는 마음을 알아서인지 툭툭 던지듯이 마음을 열고 있었다.

날이 풀리면 성남집으로 가야 한다. 그렇다고 나를 구해준 고씨집 사람들을 떠나는 것은 아니다.

아기를 업고 열흘 전에 태어난 새끼 송아지를 보려고 목축 장에 갔을 때 은석은 건초 더미를 여물통에 넣어주고 있었다.

"왜? 나왔어요. 아직 아기에게는 날씨가 추울 텐데요?"
"괜찮아요. 송아지는 어디 있어요?"
"저쪽 끝에 있어요. 그런데 아기 이름은 지었어요?"
"이름을 지어줄래요? 우리 아기가 태어날 수 있게 도와준 은인이잖아요?"
"아. 그럼 아기 이름을 지어야 겠구나. 허허허."

어느새 고씨 어르신이 건초를 소들에게 풀어주는 일을 끝내고 아기 곁으로 와 있었다.

"아가. 이 할아버지도 네 이름을 지어봐야겠구나."

석고상 같았던 은석이 활짝 웃는 모습을 본 고씨어르신이 아들을 흐뭇한 미소로 바라보았다.

산들, 아기의 이름은 산들이가 되었다. 산들이는 할아버지, 할머니, 이모할머니까지 친손자처럼 귀여움을 받으며 하루가 다르게 성장하고 있었다. 2층 복도 끝 들창에는 하루 긴 시간 태양이 비치고 있었고, 나는 쪼그리고 앉아 책을 보거나 창밖으로 산언덕을 볼 수 있어 좋았다. 겨울 햇살이 난무한 창밖으로 산언덕에 유난히 큰 나무가 무성한 가지 위에 하얀 눈을 이고 서 있었다.

"저 가지가 많은 나무는, 저 나무가 참 이뻐요. 마치 액자에 담은 그림 같아요."

"아…. 저 나무는 물푸레나무인데 특별히 할아버지가 좋아하셨던 나무에요. 뿌리부터 잎새까지 버릴 것 하나 없이 약재로도 쓰는 나무에요."

"꽃도 피나요?"

"꽃도 이쁘지만, 눈 녹으면 새순이 돋아날 때 정말 예뻐요. 저 나무뿐만 아니라 다른 나무들도 봄이면 새순이 녹색 꽃처럼 피어나는 모습은 정말 아름다워요."

그는 무관심해보이지만 내가 알고 싶은 것에 그는 언제나 알려줄 수 있는 사람이었다.

양지쪽 산비탈에 하얀 눈 사이로 듬성듬성 풀잎이 고개를 내밀었다. 목축장에서 건초만 먹고 있던 젖소들을 경사진 방목장으로 보내고 은석은 쌓아놓은 건초 더미 위에 풀썩 누워 튼실한 엉덩이를 흔들며 방목장으로 걸어가는 소들을 보고 있었다.

"월요일날 가요."

은석은 말없이 마른 풀잎을 두 손으로 똑똑 잘라 앞으로 던지고 있었다. 은석이 무슨 말을 하길 바라는 것은 아니지만 고개 숙인 그의 옆모습이 차가워 보였다.

"시간여행을 한 것 같아요. 아마 여름 지나고 한번 올게요."

"갈 때 읍내까지 내가 태워다줄 게요."

"아. 아니에요. 바쁠 것 같아 우유차 타고 간다고 부탁해 놓았어요."

그는 내가 뭐라고 해도 고집스럽게 눈길조차 주지 않고 하던 일을 하고 있었다. 은석은 자동차 내부를 깨끗이 치우고 그 또한 멀끔한 옷차림으로 기다리고 있었다. 고씨 어르신도 어머니도 이모님도 등 뒤에 업힌 산들이와 헤어짐을 아쉬워했다.

"산들아 여기가 네 고향이고 산들이 할아버지 할머니 집이니까 이담에 커서 와라 알았지."

"그래요. 산들이가 태어난 집이니까 언제든지 와요. 산들이 건강하게 잘 키우고."

"어이구. 산들아 보고 싶어서 이제 어떻게 하냐 집안이 썰렁하니 허전할 텐데."

"그동안 감사합니다. 건강하시고 꼭 다시 와서 열심히 일해서 보답 하겠습니다. 편지할게요."

고씨 어르신은 묵묵히 바라보며 자상한 미소를 지었다. 구불구불한 산 능선을 지나면서 아무 말도 할 수 없었다. 아직 남아 있는 겨울의 잔재들은 모두가 정지되어 있었다. 흰눈 위에 뼈대만 남을 가지에 빨간 청미래 열매가 보였다. 겨울 햇살이 비추는 저곳에서 나는 죽음을 기다렸었다. 기억하고 싶지 않아도 차창으로 스치는 그곳에 나는 죽음을 기다렸던 그 여자에게 손을 흔들었다. 고은석은 버스표를 사서 건네주고 내가 들고 있던 가방을 들고 서 있었다. 어린 산들이는 어디를 가는지도 모르고 내 등에 업혀 잠이 들었다.

"춥지 않아요?"

"괜찮아요. 버스 탈 건데요 뭘."

그는 아주 자연스럽게 느슨해진 내 목도리를 여며주고 고개를 푹 숙이고 있었다. 그의 창백한 얼굴을 보니 알 수 없는 아릿한 고통이 느껴졌다.

"산들이 아빠 만나서 행복하게 잘 살아요. 만약…, 만약에 말에요. 그럴 일은 없겠지만…, 그 사람 사랑하나요?"

나는 대답할 수 없어 얼버무리며 "잘 살게요."라고 했다. 기다리던 버스가 왔다. 은석은 내 등 뒤에서 잠이든 아이를 보고 다시 고개를 돌려 먼 산을 보았다. 송아지를 닮은 눈을 껌벅이더니 은석의 얼굴에 가늘게 경련을 일으키고 있었다. 그는 더 이상 내가 앉아 있는 버스 차창을 보지도 않고 고개를 숙이고 서 있었다.

오랫동안 비워놓은 집은 냉기가 서렸다. 옆방 연이 엄마는 아직 차가운 날씨에 집에 온 것을 더욱 걱정하고 있었다. 연탄불을 피고 방에 온기가 느껴질 때까지 연이네 집에 아기를 맡기고 슈퍼에서 필요한 것들을 사서 정리한 후 들고 왔던 짐가방을 열었다. 은석의 편지가 있었다.

매일 볼 수 있어 행복했습니다. 언젠가는 가야 할 사람이지만 어떻게 해야 매일 볼 수 있는지 방법도 모릅니다. 그러면 안 된다는 것도 알면서 매일 방법을 생각해 보았습니다. 운명이라고 생각했습니다. 꿈을 꾸었던 것입니다. 짧은 순간 행복했습니다. 항상 생각할 수 있는 사람이 있어 고맙습니다. 고은석.

　언제 가방에 넣었는지 주소가 적힌 편지가 들어 있었다. 조금은 그 사람의 마음을 알 것 같았다. 그러나 내가 떳떳할 수 없는 여자라는 생각에 그가 느끼고 있었을 감정들을 외면하고 가족에게 편지를 보냈다. 감사하고 잘 도착했다고….
　나는 여전히 좁은 부엌에 앉아 금발 머리에 파란 눈을 가진 얼굴을 긴 팔다리를 지닌 프라스틱 인형에 끼우면서 산들이 엄마로 살아가고 있었다. 산들이의 얼굴에서 어렴풋한 영호의 얼굴이 보이지만 기억 속에 묻어두고 있었다. 가끔은 은석의 부모님에게 안부를 전하면서 산들이 사진을 찍어 보내곤 했다. 긴 장마가 끝나고 높아진 하늘에 새털구름이 바람에 흘러가고 있었다. 매일 아침 산들이를 보면서 내 인생에서 살아가는 이유를 알게 되었다.

　'퉁! 퉁! 퉁.' 문을 노크하는 소리가 들렸다. 쪽잠을 자면서 다 만들어 놓은 플라스틱 인형을 가지러 온 회사직

원인 줄 알고 문을 열었다. 고은석이 서 있었다. 신기하게 잠에서 깬 산들이는 낯도 가리지 않고 어설프게 어르는 은석에게 방긋방긋 웃었다. 산들이 첫 생일날 그는 케이크와 장난감을 들고 왔다. 산들이가 태어난 날이었다. 산들이의 돌 사진은 은석으로 인해 사진관에서 기념사진을 찍었다. 그는 가까운 여관에서 이틀 동안 머물면서 산들이와 나에게 행복한 날을 만들어 주었다. 산들이는 빠르게 성장하고 있었고 고은석은 산들이의 삼촌이 되어 가끔 산들이를 만나고 갔다. 한 여름밤 식당에서 저녁을 먹고 잠이든 산들이를 안고 집으로 오는 길이었다.

"오늘은 여관에 가지 않고 산들이 옆에서 자고 가면 안될까?"

나 또한 그를 여관으로 보내는 마음이 편하지 않았다.

"내 마음 알고 있을거라 믿어. 산들이가 조금이라도 어릴 때 결정 하는 것이 좋지 않을까?"

"내가 양심도 없이 어떻게…."

"내가 해야 할 소리지 아들까지 얻는 복을 우리 집에 복이 덩굴째 오는 거지."

"그거 알아요? 산들이와 내 목숨을 구해줬는데 이제 평생 돌봐달라고 하는 꼴이에요."

그 말을 하면서 나는 눈물을 흘렸다.

여름날 울던 매미 소리가 사라지고 여름과 가을 사이의 화창한 날씨였다.
"이제 이 손 놓지 않을 거야. 절대 하늘이 두 쪽으로 갈라져도 이 손 놓지 않을 거요."
무성히 자란 소나무 숲이 터널을 만들어낸 신작로 길을 지나고 있었다.
"나 불쌍해서 동정심으로 온 것은 아니겠지?"
"동정심? 내가요? 내가 목장집 며느리가 되었는데 대박 난 거지요. 산들이 아빠도 만나고 평생 잘 할게요."
"날 봐요. 난 정상적인 몸을 가지고 태어난 사람이 아니오. 그러나 남이 보면 불편해 보일지 몰라도 나는 불편한 것 없이 살아가는 사람이요."
"세상에 완벽한 사람은 없다고 하지만, 내게는 과분한 사람이에요. 고마워요."
그는 내 손을 다시 꼭 잡았다. 길옆으로 작은 시냇물이 흐르는 목장 입구에는 야생초 꽃들이 흐드러지게 피어 있었다. 골짜기를 지나 넓은 초지 위에 젖소들이 유유히 풀을 뜯고 있었다.

"산들아…, 산들아. 에구 산들이 왔구나! 기다리고 있었다."

방목지 언덕에 수년 동안 비바람과 눈보라를 맞으며 고씨네 터전을 지키고 서 있던 물푸레 나뭇가지가 고삭이 되어 떨어졌다. 은석은 꺾여진 물푸레나무 동강이를 가지고 건초 더미에 앉아서 조각칼로 새의 날개를 만들고 있었다.

"당신 애들처럼 뭐해요?"

"할아버지가 그러셨어. 세상에 쓸모없는 것은 존재하지 않는다고. 물푸레나무는 썩은 가지도 버릴 것이 없는 나무라고 하셨어. 다 만들면 알게 될 거야."

틈만 나면 만들던 나무 새는 에덴 목장 입구에 2개의 솟대가 되어 서 있었다. 내 머리는 백발이 되었고 더 이상 바랄 것도 없고 후회할 것도 없이 조금은 깨끗한 양심은 아니더라도 언젠가 저 언덕에 누워 부신 햇살을 바라볼 수 있을 것이다.

산들이는 축산과를 졸업하고 수의사가 되기 위한 과정을 밟는 중에 가끔 집에 와서 아버지를 도와주는 성실한 청년이 되었다.

"고산들…, 산들아. 내려와 밥먹자."

그 남자의 첫사랑

그 남자의 첫사랑

　내가 인천공항에 도착한 시간은 아침 7시 40분이었다. 프랑크푸르트 공항에서 출발한 그가 도착하기를 기다리는 시간은 지루하고 긴 시간이다. 그렇다고 공항을 벗어날 수도 없다. 공항 서점엘 가고, 아침을 먹고, 커피를 마시고, 공항 사우나도 가고, 공항에서 시간을 보낼 수 있는 방법은 다 활용하고 남은 시간은 책을 보는 것이었다. 27년이 지나간 날들 속에 강민석은 내 기억 속에 지워져 있었다. 생각할 수 있는 특별한 관계도 아니었다고 생각했다. 그러나 그 이름을 듣는 순간 흑백 사진처럼 망설임 없이 교복을 입고 서 있는 민석의 모습이 떠올랐다. 그 모습을 되새기는 동안 지루한 시간을 보낼 수 있었다. 사람들이 트렁크를 밀고 목적지를 향해 바쁘게 가고 있었다.

생각해 보니 결혼하고 3년 되던 해. 찬 바람이 불던 늦가을 날. 민석을 만났었다. 그때도 내 마음속에 교복을 입은 고등학생으로 기억하고 있었다. "누나. 결혼했다는 것 들었지만 한번 보고… 싶어서." 내 등에는 돌 지난 아이를 업고 있었다. "은혜하고는 연락하고 있어?" 그는 말없이 고개를 푹 숙이고 있었다. 내가 처음 민석을 만난 것은 상고를 졸업하고 회사에 취직한 지 1년이 되어갈 무렵 가을이었다. 회사에서 지역 봉사활동으로 관악산 등산을 하면서 쓰레기 줍기를 하고 있을 때였다. 교련복을 입은 남학생들이 기타를 치며 놀고 있었다. "누나들, 쓰레기 봉투 우리 주세요." 학생들은 우리가 들고 내려오는 쓰레기 봉투를 달라고 하면서 그들의 쓰레기까지 담아서 들어다 주었다. 학생들은 회사 이름이 쓰여 있는 현수막이 걸려있는 곳까지 내려와 빵과 음료수까지 마시고 헤어졌다. 그렇게 스쳐 지날 수 있는 일이었다.

드디어 프랑크푸르트를 출발한 비행기가 도착했다. 입국장 앞에 서 있는 나에게 키가 큰 남자가 성큼성큼 다가와 내 앞에 섰다. 나는 웃었다. 이해할 수 없는 것은 그가 교복만 입고 있지 않았다는 것뿐이었다. 나에게 누나라고 부르는 몸집이 큰 아이, 그는 내게 다가와 고개를 숙이고 나를 품에 안고 긴 호흡을 했다. 마치 얼마 전에 만났던 것처럼 망설임 없이 내게 다가온 그의 심장 소리를 듣고 얼굴을 올려다 보았다. 그는 빙그레 웃고 있었다.

"와우…. 누나! 오랜만이야. 누나를 이렇게 만나게 되다니. 많이 기다렸지? 누나 여전하네."

두서없이 반가움을 표현하는 어른이 된 아이 나를 기억하는 것만으로도 고마웠다.

오래 전에 민석을 만났을 때. 민석은 배 고프고 고달픈 생활을 했었다. 하지만 그는 내게 말하지 않았다. 설령 말했다 하더라도 그때는 나도 세상을 모를 때였다. 아마 평범한 사람이었다면, 그의 고통을 직감할 수 있었겠지만. 나는 주어진 것만 이행할 수 있는 조금은 어눌한 사람이었다.

"반가워. 그때 그렇게 힘들게 살았었다는 것을 몰랐어. 나는 현명한 사람이 아니었거든."

"아니야. 누나도 힘들었을 때였는데 뭐. 다 지나간 일이야. 누나 눈가에 주름이 생겼네?"

"이렇게 늙었는데 네가 한번에 나를 알아본 것이 신

기하다."

"누나! 늙었다는 말은 아니고. 누나 웃는 모습은 여전하거든. 아마 나는 누나가 할머니가 되어도 알아볼 것 같아."

그는 커피숍에 들어 가면서도 여전히 내 손을 놓지 않았다.

"들었어. 은혜한테 결혼도 하고 사업도 성공했다는 것 정말 대단하다."

"누나! 우리가 인연은 있는 것 같아. 내 생활이 여기저기 출장만 다니고 있는 상황인데 같은 날 입국하게 되었어. 그런데 누나, 내가 먼저 와서 누나를 기다렸어야 했는데 미안해."

그는 스포츠 용품을 개발해서 특허를 내고 전 세계에 유행이 되어 바쁘게 지내고 있었다.

"누나! 누나는 지금도 소녀 같아. 누나는 나를 설레게 하고 나를 아프게 했는데 그 아픔이 얼마나 행복했었는지. 지금도 여전히 기억 만으로도 내게 행복을 주는 사람이야."

"무슨 소리를 하는 거야? 그때 넌 나를 여자로 보지 않았어. 나도 널 남자로 느끼지 않았고."

"누나! 누나가 너무 몰라서 그렇지. 참 그 순진했던 누나가 결혼할 줄은 생각도 못했어. 난 왜? 누나가 남자를 만날 거라는 생각을 전혀 하지 못했는지 몰라…. 난 충격이었어. 은혜 말로는 지금 혼자라고 하던데 아이구. 행복하게 잘 사는 줄 알았는데 뭐야?"

"그래. 순진했던 사람이 아이까지 있는데 이혼했겠어? 세상 살다 보니 배짱도 생기더라."

"누나! 착한 누나가 이유가 있어서 이혼했겠지. 누나 근데 내 나이 알아?"

사실 내 기억으로 내가 상고를 졸업하고 직장에 다닐 때. 민석은 고등학교 2학년이었다. 당연히 나보다 어리다고 생각했고. 그는 직장에 다니는 모습만 보고 누나라고 불렀다.

"누나! 나도 몰랐었지 은혜한테 듣고 알았어. 생각해 보니 고등학교 중퇴하고 다시 재수 했으니까 동갑내인데 왜 그때는 그 생각을 못했었는지? 누나가 너무 예뻐서 묻지도 않았었나봐."

무척 황당한 얼굴로 아무 말도 못하고 멍하니 민석을 바라보았다.

"기억나? 수업 끝나면 버스 타고 누나 회사 정문에서

퇴근하는 누나를 기다리면, 누나는 배고픈 나에게 먹을 것을 사줬지. 누나는 내게 그런 누나였어. 졸업하고 편지도 자주 보냈는데 누나가 은혜를 만나게 했지. 내가 귀찮아서 그랬던 거야? 아니면 내가 누나 사랑한 걸 알고 도망 간거야?"

그때는 몰랐다. 나는 타인의 감정을 느낄 수 없을 뿐더러 상대가 누가 되었건 노력하지 않는 한 나는 사람과 사람의 관계를 유지할 줄을 몰랐다. 민석의 편지가 오면 오는가 보다. 어느 순간 소식이 없어도 궁금하게 생각할 줄도 몰랐다. 그리고 나는 원치 않는 남자가 두려워 도망치듯 회사를 옮기면서 민석은 내 주소를 알 수 없었다.

"누나 내가 군 입대하고 휴가 나와서 누나가 결혼했다는 소리를 들었지…. 나 엄청 힘들었었어 누나가 그거 알아? 휴가 때 내가 누나 고향집에 가서 일 도와주고 온 것?"

"어머나! 그랬어? 왜?"

"나도 왜 그랬는지 몰라. 누나 부모님하고 지내면서 잠시 행복했었지 사위가 된 것처럼."

누나가 살던 고향집에 갔을 때 청명한 가을날이었다.

마을 앞 넓은 들판은 황금빛 나락이 고개를 숙이고 있었고. 마을 끝에 자리 잡은 양철 지붕 위에 빛나는 햇살이 가득한 집 툇마루에 앉아 한참이나 기다린 끝에. 들일을 끝내고 돌아온 내 아버지 어머니를 만나 인혜와 은혜를 잘 알고 있기 때문에 휴가 중에 농사일을 도와주러 왔다고 했지."

"정말 몰랐어. 나 왜 너한테 미안해지는 거니? 내가 너에게 할 말은 없지만 들어야 할 이야기가 많은 것 같다."

"그래 누나. 나에게는 어쩔 수 없는 영원한 누나 서울에 있는 동안 만나자 꼭! 알았지 전화해."

나는 민석이 우리 집에 와서 농사일을 도와주고 갔다는 것을 전혀 몰랐다. 나는 그때 아무도 모르는 견디기 힘든 결혼생활을 하고 있었다. 아이가 태어나고 아이에 대한 사랑으로 정신적 고통을 이겨내고 있었다. 은혜에게도 소식이 없던 민석의 소식은 대전교도소에서 온편지였다.

은혜는 대전교도소에 면회를 갔다. 민석의 여동생이 사고로 죽고 허망하고 막막한 상황 속에 외출 허가 받아 나갔다가 의도치 않게 군대에 귀대하지 않아 탈영병이 되었다. 그렇게 민석은 은혜와 서로 연락하고 가까워지는 듯했지만 다시 은혜는 민석의 소식을 알 수 없었다.

"언니! 강민석 기억해? 언니가 나 소개해주었잖아? 강민석. 언니 동생…."

나는 별안간 무엇 때문이라고 구체적으로 말할 수 없지만 내 마음에 양심적 가책을 느끼고 있었다. 나를 무척 좋아했던 사람이 있었다는 것을 이제야 알았다. 그렇다고 해서 그 마음을 알아주지 못한 것이 잘못이었다는 것은 아니다. 다만 많은 편지와 시를 써보냈어도 어떤 의미인지도 모르고 반응도 하지 못했던 것을 이제야 알게 되었다. 은혜가 민석의 성공 스토리를 TV로 보고 감동받아 울먹이면서 전화를 했을 때 나는 그의 이름을 듣자마자 진실한 관심을 주지 못했었다는 것이 몹시 불편한 내 양심이었다. 아마 나는 어쩔 수 없는 성향 때문인지는 몰라도 내게 진실로 다가온 사람이 있었다는 것을 몰랐어도 어찌 되었든 상대에 대한 도리나 배려심이 없었다는 것을 확실하게 이제야 느낄 수 있었다.

"언니. 민석 오빠가 어릴 때부터 무척 힘들게 살았는데 결혼하고 사업하다가 IMF때 서울역에서 노숙자로 살기도 했었데. 그런데 지금 외국에서도 알아줄 정도로 성공한 스토리가 텔레비전에 나온 걸 내가 우연히 보게 됐어. 신기하기도 하고. 언니! 듣고 있어? 민석 오빠가 TV에 나왔다고."

은혜는 방금 텔레비전으로 본 민석의 이야기를 감격스러워했다.

나는 민석이 성공했다는 것보다도 어릴 때부터 고생하며 살았었다는 말에 사는 동안 얼마나 많은 시련이 있었을까? 만일 그때 내가 민석의 마음을 알 수 있었더라면, 삶의 무게가 조금은 가벼워졌을 수도 있지 않았을까? 미안했다. 회사 정문 앞 전신주에 교련복을 입고. 책가방을 옆에 끼고. "누나."라고 부르던 소년을 어떤 의미도 없이. 그렇다고 특별하게 반가워한 것도 아니었다. 무덤덤하게 누나라고 부르니까. 누나라서 밥을 사주고 빵을 사주었다.

한 여름날 땀을 흘리며 서 있었고. 갈색 나뭇잎이 쓸쓸하게 구르던 날 가로수에 기대어 있던 모습. 눈이 쌓인 추운 날에도 민석은 가끔 나를 찾아 왔었다. 왜? 왔는지 묻지도 않았다. 어떤 의미도 부여하지 않았다. 어느 순간부터 내 앞에 모습을 감추고 편지를 보내고 시를 보내주던 소년, 우리는 서로 '안녕'이라는 인사도 못하고 흐르는 물처럼, 아니면 바람처럼 그렇게 우리는 세상 속으로 따라 흘러 갔다.

은혜가 회사로 전화를 했을 때 민석이 한 말은 "인혜 누나는?"이었다.

그는 그렇게 늘 나를 먼저 찾았다.

그러나 은혜가 알려준 전화번호를 적어두고도 나는 전화를 할 수 없었다.

"언니. 민석 오빠한테 전화 안 했어? 언니 전화번호 알려 달라고 하는데? 알려줘도 괜찮지?"

우연하게도 나는 연로한 엄마를 보기 위해 입국하면서 인천공항에서 27년만에 민석을 만났다.

"누나! 어디야? 나 바빠서 누나 만나러 청주에 갈 수 없는데, 누나가 서울에 올 일 없어?"

아무도 없는 하얀 공간에서 살아 있는 모든 미생물까지도 잠이 들었거나 죽어있는 세상에서 민석의 목소리만 들리듯이 깊게 각인되어 들렸다.

'어디 아파? 무슨 문제가 있는거니?'라고 묻고 싶었지만, 나는 "알았어."라고 짧게 대답을 했다.

더 이상 무슨 말이 필요하겠나. 만나서 물어보면 되겠지. 그랬었다 '왜? 왔느냐?'고 묻지도 따지지도 않고 회사 정문 앞에 서 있는 민석을 분식집으로 데리고 들어갔던 것처럼, 내가 민석을 만나러 회사로 갔다. 회사 사람들은 모두 퇴근하고 공항에서 보았던 직원이 회사 입구에서 기다리고 있었다. 7층 엘리베이터 문이 열리고 제일 먼저 보이는 것은 테이블 위에 놓인 사장 강민석 그의 명패였다.

 "누나. 잠깐만 앉아서 기다려줘 곧 끝나니까."

 컴퓨터 모니터 사이로 잠깐 얼굴을 보이고 다시 모니터에 가려진 그는 열심히 일을 하고 있었다. 직원이 생수를 건네주고 퇴근했다. 그는 큰 키에 듬직한 동갑내기 동생. 우정이라 할 수도 없고 사랑도 아니지만 나는 그에게 동질감을 느끼고 있었다. 우린 분명 서로 모르는 곳에서 지독한 아픔을 겪었고 다 지나간 뒤에 일에 관심이 많은 사람끼리 만난 것은 아닐까? 우리는 뭔가 닮아 있었다. 다만 민석의 말에 의하면 는 내가 모르는 사랑을 했었다는 것이다. 내가 몰랐던 것이 다행인지도…. 그럴 지도 모른다.

 내가 그런 생각을 할 수 있었던 것은 사랑을 믿지 않

기 때문이다. 죽을 만큼 싫어한 남자의 일방적인 사랑으로 결국 나는 지쳤고 내가 나를 포기하고 결혼을 했었기 때문에 그가 말한 지나간 사랑을 가볍게 여겼는지도 모른다. 그리고 줄기차게 그 사랑을 밀어내며 강제적인 사랑을 요구한 사람에게 보복이라도 하듯이 마음의 빗장을 잠가버렸다. 결국 빈껍데기를 사랑하던 남편은 무너진 자존심은 술과 폭력을 행사 하며 오기로 절대 놓아주지 않았다. 나는 그때 죽어가고 있는 것이라고 생각했을 때 내 품에 잠들어있는 아들에게 평생 볼 수 없는 엄마이기보다 엄마가 살아있다는 것이 얼마나 중요한지 내 엄마를 생각하며 깨달았다. 결국 나는 살기 위해 내 나라를 떠나야했다. 어쩌면 나는 이성에게 사랑 받는 것이 두렵거나 사랑의 불능이거나 불감증인지도 모른다. 그런 내게 민석은 여전히 내 마음속에 저지선이 고정된 고등학생 소년이었다.

"누나 저녁 먹으러 가자."

우리는 익숙하게 자주 만났던 것처럼. 그가 뒷정리를 하는 동안 그가 건네준 그의 손가방을 들고 있었다. 크고 넓은 식당은 사람들이 무척 많았다. 구석진 자리가 비워지자 그는 내 손을 잡고 사람들 사이를 지나 구석진 테이블에 앉았다.

"여긴 항상 북적거려. 다들 퇴근하고 이곳에서 음식과 술로 하루를 마무리하고 가거든."

"집에서 기다리는 것 아니야?"

사무실에 있는 동안 전화벨 소리는 들리지 않았었다.

"삼일 전에 집에 다녀왔어. 자주 출장 다니다 보니 집에 자주 가지도 못해."

민석의 가족은 서울로 이사 올만큼 아직 여유있는 것은 아니라고 했다. 그는 일을 더욱 열심히 하기 위해 회사 근처 오피스텔에서 지낸다고 했다.

"누나. 나이 먹으니 누나하고 편하게 맥주 한 잔 할 수 있어 좋다. 난 지긋지긋한 젊은 날이 정나미 떨어져서 생각도 하고 싶지 않은데 단 하나. 내 인생에 고마운 사람. 누나를 생각하면 그때 누나를 만나던 그 순간이 그나마 행복했던 것 같아. 그래서 내 마음속에 누나는 지워지지 않는 사람이야."

민석은 맥주 잔을 다시 한번 부딪쳤다.

"왜? 은혜하고 연락하지 않았어? 은혜는 기다렸다고 하던데?"

그는 미소를 지으며 바라보았다.

"누나 동생이라서 내가 행복하게 해줄 자신이 없었어. 사랑해줄 마음에 여유도 없었고."

우린 서로 짧은 침묵으로 맥주 잔을 보고 있었다.

"이제 아내와 아들딸도 있고. 사업도 잘되고 건강하게 즐거우면 더 이상 바랄게 뭐 있겠어? 그것이 행복 아닐까?"

"이것 봐? 누나다운 소리만 하자나? 누나가 나보다 생일이 2개월 빠르거든. 이제 와서 친구할 수도 없고. 누나! 내가 이 세상을 떠나기 전 까지만 누나로 생각할게…. 근데 우리 집사람 말야…, 처음 만났을 때 누나 이미지와 비슷한 점이 많다고 생각했어. 지금 보면 전혀 다른데. 누나를 엄청 보고 싶어서 닮았다고 생각했었나 봐."

"아니 민석이 생각하는 그때의 내 이미지가 순진했었다고 하니까 아내는 착한 여자겠지? 그때 그 착하고 순진한 여자 인혜는 이제 존재하지 않아. 또 다른 나로 살아가고 있거든."

"아니. 그런 말이 아니라. 지금 누나 모습 보기 좋아. 누나는 자신이 변해야만 살 수 있었겠지? 난 아직도 힘들 때 누나를 생각해. 행복할 때 생각나는 게 아니라 왜? 힘들 때 누나 생각이 더 나는지 모르겠어. 내 인생 스토리를 방송하겠다고 처음 연락이 왔을 때 먼저 누나 생각을 했어. 몇 번이고 누나를 만났던 이야기를 방송 작가한테 할까? 망설이다가 누나는 내게 너무 소중한 사람이고 나만이 간직하고 싶어서 누나 이야기를 하지 않았어."

어디선가. 전혀 상상하지 못했던 사람이 나를 기억하고 있었다는 것만으로도 마치 나를 위해 기도해주었다는 말처럼 들렸다. 그런 민석을 생각하지 못했었다는 것이 미안했다.

"이제 힘들었던 지난 날들을 잊어버리고 누릴 것 누리면서 행복하게 살아야지."

"누나. 아직 남이 생각하는 것만큼 아니야. 애초에 내 자본은 없이 아이디어로 투자자들 돈으로 사업하다 보니 월급쟁이나 마찬가지야. 물론 IMF때 한번 망하고 노숙자도 해 봤는데 그때 생각하면 성공했지. 그런데 아이디어 특허 지키는 것도 너무 힘든 싸움이야."

테이블 위에는 네 개의 빈 맥주병이 있었다. 그는 혹독한 고생을 해보았기 때문에 과거에서 멀리 달아나기 위해 아직도 노력하고 있었다. 나는 안다. 우리의 젊은 날의 아름다운 기억보다 사는 것이 고통 그 자체였기 때문에 지나간 날들을 되돌아보는 것도 아픔이라는 것을…. 우리는 함께 지나간 시간의 기억들을 털어버리고 있었다.

"여자들은 다를 거라고 생각하는데? 누나는 결혼 하기 전 그 시절로 되돌아가고 싶지 않아?"

"아니! 나도 젊은 날로 돌아가라고 한다면 차라리 할머니가 되겠어. 물론 지난 날이 있었기 때문에 지금 내가 있는 거지만. 우리는 죽는 날까지 완벽할 수 없다는 것을 알아야 해. 난 여자로서 사랑할 수 없는 남자를 만난 것이 내 인생 포기할만큼 불행한 줄 알았어. 그런데 그 사람 아니었다면 사랑하는 아들을 만날 수 있었을까? 나는 아들을 생각하면 그 사람이 고마워 사랑을 주지 못해서 미안하고 그 사람이 또 다른 여자와 살면서도 나를 증오하는 것 마저도 나를 사랑했기 때문인 걸 알아. 내 죄를 내가 알고 사는 거지. 요즘 나는 내 죄를 조금씩 덜어 내고 있어. 아들에게 아빠한테 잘 하라고. 네 아빠 아니었으면 세상에 태어나지 않았다고. 내가 참 영악해졌어."

영악하다는 말을 듣고 그는 호탕하게 웃었다.

"누나는 나무 같은 사람이야. 비바람이 불어도 들판에

서 있는 한 그루 나무 같은 사람."

"내가 아니라 너의 인생 같은데? 우리는 분명히 과거에서 달아나고 있는 거야 늙어가고 있는 거지. 시간이 지나가면 지금보다 더 행복할 거라고 믿어. 민석아. 우리 잘 늙어가자, 건배!"

시간은 숨 가쁘게 우리 곁을 지나가고 있었다. 어쩌면 우리는 지금 행복이 와 있는 지도 모른다. 그날 밤. 그는 택시를 기다리면서 내 뒤에서 나를 꼭 안고 서 있었다. 그의 심장이 뛰고 있는 것을 느끼며 등줄기가 따뜻했다. 택시를 타고 달아나고 있는 자동차를 그는 보이지 않을 때까지 택시를 보고 서 있었다.

"누나 잘 지내? 연락해도 만날 수 없다는 것이 아쉽네. 여긴 가을이야 은행나무 가로수 길이 완전히 황금빛이야. 누나가 가까운 곳에 있더라면 맥주 한 잔 하자고 했을 거야…. 누나 한국 나오면 꼭 연락해. 아니 언제 오는지 알려줘. 건강하고 또 연락할게."

그가 보낸 이메일은 반가움에 앞서 걱정이 동반되었다. 어떤 문제가 생긴 것은 아닐까? "누나! 내가 힘들 때 왜? 누나 생각을 하게 되지?" 아무일 없을 거다. 그 소년은 어른이 되었으니까. 생각해 보면 민석이 어른이 되었다는 말은 어설프게 누나라는 이름을 행사하는 것인지도 모른다. 나는 어쩌면 어른이 되었다는 착각을 하고 사는지도 모른다.

내가 8살이었을 때, 나는 그림자처럼 살았다고 한다. 울지도 않고 웃지도 않는 바보 아이를 아버지는 무작정 입학시키고 교실에 앉아 있게 했다. 그때는 나는 기억도 못하는 지능이 낮은 아이었다. 내가 세상에 태어나 처음 기억할 수 있는 것은 10살, 초등학교 2학년 때 선생님이었다. 선생님은 경북 상주로 전근 가셨다. 아마 그때 나는 이별을 알았다. 그리고 언제부터 언제까지 편지를 보냈었는지 모르지만, 경상북도 상주군 작은 시골 학교 주소는 내 머릿속에 저장되었다. 유별난 아버지의 보호를 받았던 나를 3살 많은 언니와 동생은 물론 마을 아이들이 반벙어리라고 나를 놀렸다. 지능 장애가 있었던 내가 4학년이 될 무렵부터 달라졌지만 스스로 표현을 하지 않는 습관이 지금까지 이어진 것인지도 모른다. 상대에 따라 다르지만 내가 의도적으로 타인에게 다가가는 것을 못하고 가까이 다가오는 사람과의 꾸준한 인간 관계를 이어가지 못하는 경계성 지능장애가 아직도 내게 남아 있는 것인지 다가오는 사람은 다가오는 대로. 떠나는 사람은 떠나는 대로 이유를 묻지 않고 다시 오는 날을 덤덤히 받아들이는 모호한 성격을 지니게 되었다.

 부모님의 묘지는 잘 다듬어진 양지바른 언덕 선산에 세 번째 줄 중앙에 아버지 어머니가 합장되어 있었다. 생전에도 부부 금슬은 마을에서 알아줄 정도였다. 은혜는 아직도 부모님이 언니를 특별하게 감싸며 키웠다고 어린 날을 회상할 때마다 분통해했다. 마치 천국에 계신 부모님께 사랑이 필요하다고 투정하는 아이처럼 플라스틱 병에 남은 막걸리를 꼴깍 마시면서 언젠가 나로 인해 섭섭했던 날을 이야기했다. "그것은 너에 욕심에서 생긴 오해라고 그저 부모님이 널 낳아준 것만으로 고맙고 감사하다는 생각을 할 수 없느냐?"고 했더니. "장날에 아버지가 언니만 데리고 가서 짜장면 사주었다."고. 또 다른 서러웠던 이야기를 하면서도 은혜는 "언니가 숨기지 못해서 더 화가 났었다."며 살갑게 눈을 흘기며 웃었다.
 좁은 비탈길을 내려와 들판은 온통 녹색을 띄고 있었다. 길가에는 앉은뱅이 꽃들이 지천에 피어 있었다.
 "언니. 민석 오빠 궁금하지 않아?"

은혜가 운전을 하면서 옆에 있는 물병을 집으려 했다. 나는 얼른 병을 들어 뚜껑을 열어주었다. 물을 마신 은혜가 입술을 지긋이 깨물었다.

"잘 살고 있겠지. 아내와 자식들이 있고 돈 잘 벌고…. 그런 것 보면 젊어서 고생은 사서도 한다는 옛말이 틀린 말은 아닌 가봐. 고생도 경험이었을 테니까. 물론 초년부터 부유하게 살아서 승승장구하며 살아가는 사람들이 더 많겠지만. 이제 편하게 살아야 되지 않겠어?"

"언니. 민석 오빠 아파 많이…. 암이래."

눈을 감았다. 왜? 하필 지금까지 힘들게 살아온 사람에게 암이라니. 은혜는 민석과 연락 하며 지내고 있었다.

"으이그…. 언니는 참 냉정해. 민석 오빠는 나하고 통화할 때마다 언니 소식을 물어 보는데."

"암이라면…, 그럼. 지금 병원에 있는 거니?"

민석은 이미 퇴원하고 회복 중이라고 했다.

"언니한테 알리지 말라고 했는데 내가 아픈 사람한테 섭섭해서 한소리했어. 알려줘도 병문안 올 사람 아니라고. 나만 보면 언니 얘기만 하는데 섭섭한 거 있지. 내가 오빠 사장 됐다고 뭘 바라고 오는 것도 아니고 옛날에 오빠한테 잘해주지 못했던 생각 때문에 오는 거라고. 그런 나한테 올때마다 인혜 언니 말만 하느냐고 직격하니까. 언니가 착한 동생 소개해준 사람이라서 그러는 거래. 맞는 말인데. 그래도 아픈 사람한테 입바른 소리 하고 나니까 내 속이 시원하더라. 사실 솔직하게 말하면 내가 그 오빠를 좋아했었거든."

철 없는 아이가 농담처럼 하고 은혜가 웃었다.

민석은 세상을 누구보다 치열하게 살았다. 가난하면 공부를 포기할 만한데 그는 일을 해서 돈을 벌어 학교를 다녔고 사업 실패를 하면 다시 일어서는 끈기로 성공 가도를 달리는 중이었다. 평범하게 살아가는 사람들이 제일 행복한 거라고 물론 사람마다 행복의 수준은 다르겠지만 나도 누나도 평범한 것을 찾아가는 사람인 것 같다고 하던 민석의 말이 생각났다.

"지금은? 어떻게 지내니?"

은혜가 한심하다는 듯이 한숨을 길게 내쉬었다.

"언니. 그 오빠 지리산 자락에서 살고 있어. 돈이 없다면 몰라? 이해가 안 돼."

"뭐? 간암 수술한 환자가 시골에서 뭐 할 수 있다고? 치료하면서 몸 관리를 꾸준히 해야 할 텐데? 왜? 그런 선택을 했지?"

지난달에 은혜는 함양에 갔었다. 은혜 말로는 아내와 다투면서도 간 일부를 잘라 내고 더이상 치료를 거부하고 지리산 자락으로 이사를 했다. 아내는 어쩔 수 없이 함양에 식당을 하면서 남편을 챙겨 주고 있다고 했다. 충격이었다. 건강한 모습으로 외국까지 출장을 다니던 민석을 생각하니 바람 빠진 풍선처럼 긴 한숨이 허무하게 새어나가고 있었다.

"언니. 언니가 언제 왔었는지? 언제 또 오는지? 물어보고 또 물어보는 것 보면 언니가 보고 싶은 것 같았어. 언니. 민석 오빠 한번 만나 볼래?"

"은혜야. 정말 나를 만나고 싶다는 말을 한 것도 아닌데 가서 만나야 되겠니?"

"언니야! 내가 그렇게 느꼈어. 사람들 그렇게 살아 언니가 이상한 거야. 꼭 이유가 있고 조건이 있어야 만나는 것 아니야. 언니한테 말하지 말라고 했지만 민석 오빠 진심은 아닌 것 같아. 무슨 일 생기면 언니가 후회할 것 같기도 하고."

초여름날이었다. 예년에 비하면 세계적인 이상 기온으로 팔월의 한낮처럼 태양이 뜨거웠다. 은혜는 삼계탕을 끓이고 반찬을 만들어 자동차 트렁크에 실었다. 함양까지는 꽤 먼 거리다. 고속도로를 쉬지 않고 달리는 은혜가 고마웠다. 마을 초입에 감자꽃이 하얗게 피어 있었다. 길가에는 연보라색 쑥부쟁이와 개망초꽃이 지천에 피어 있었다. 주인이 언제 떠났는지 허름한 빈집에는 주인 없이도 빨간 덩굴장미꽃이 지붕 위에 피어있었다. 마을 뒷산을 지나 계곡에 흐르는 물소리가 들렸다.

민석은 집에 없었다. 작은 집이지만 촌 집을 현대적으로 개조된 집이었다. 마당 끝에 옥수수 잎이 작은 바람에 부스럭대며 흔들리고 있었다. 민석은 걷어올린 바지 끝이 젖은 상태로 걸어오고 있었다. 그의 건장한 몸은 사라지고 앙상한 다리가 보였다. 은혜가 미리 전화를 했기 때문에 그는 계곡에 앉아 우리를 기다렸다고 했다.

"오랜만이야. 오느라고 고생했어. 내 몰골이 말이 아니지? 그런 눈으로 보지마. 난 괜찮아."

달라진 모습을 보고 어떤 말을 해야할지. 안타까운 마음을 들켜버려 나는 어설픈 미소를 지었다. 움푹 패인 눈과 볼 살이 꺼져 있었다.

"우리 누나. 오랜 만이야."

그는 덥석 두 팔을 벌리고 나를 품에 안았다.

"민석 오빠. 나는 안보여? 내가 아니면 오빠가 언니 볼 수 있는 줄 알아?"

은혜가 장난치듯 투정을 했다. 우리는 가지고 온 은혜가 만든 삼계탕을 야외 테이블 위에 옮겨 놓았다.

"민석 오빠. 삼계탕 만들어왔는데 계곡에 가서 먹는 게 어때?"

은혜는 이미 이곳에 왔었다. 부모형제 다 떠나고 혼자인 민석에게 은혜는 무척 살가운 동생이었다.

"은혜 덕분에 시원한 물소리 들으면서 삼계탕을 먹고 신선이 따로 없다. 우리 동생 고마워."

여기 있을 사람이 아닌데…, 호기롭고 당당했던 모습은 사라지고 모든 것을 내려 놓은 듯한 수척한 모습은 초록의 나무숲 사이에 앙상한 한 그루 나무와 별반 다를 것이 없었다. 수많은 사람들 속에서 서 있던 모습과 술잔을 들고 어떤 고난이 와도 다 이겨낼 수 있을 것 같았던 도전적이었던 모습으로 건배를 하던 민석이었다.

"이제 건강만 생각해. 먹는 것도 잘 먹어야 되는데. 왜? 가족이 있으면서 혼자서 몸도 완전히 회복된 것도 아닐텐데. 아프면 어떻게 하려고?"

"걱정마. 집사람 자주 와. 집사람도 나 만나서 고생 많이 했는데 더 이상 이런 모습 보이고 싶지 않고. 오래전부터 자연인처럼 살고 싶었는데 죽기 전에 내가 원했던 거야."

"오빠! 자연인이 되려면 장작도 패고 건강해야 되는데 그 몸으로 도끼나 들 수 있겠어?"

"요즘 자연인은 힘들게 장작 필요 없어 하하하하."

밝게 웃는 모습이 아리게 다가왔다. 어떻게? 우리는 만나서. 헤어지고. 다시 또 만날 수 있었을까? 우리가 선택하지 못했던 누나든 동생이든 우리 인연은 거부할 수 없이 운명으로 다시 만난 것은 아닐까? 내가 민석을 다시 만난 것의 의미가 잠시라도 민석의 아픔과 고통을 나눌 수만 있다면….

"누나야. 오래 전에 지금보다 더 아파했던 사랑이 있었어. 아픈데 행복했었어. 내 삶에 일부가 그랬던 것 같아. 그렇게 유년의 시간을 보냈는데…, 지금 내 간을 일부 잘라냈어. 그런데 누나. 아쉬운 것도 없고, 미련도 없이 홀가분해. 해볼 것 다 해본 것 같아 누나도 나를 보러 와줘서 고맙고 인혜! 인혜! 그냥 불러봤어."

그는 나를 보며 빙그레 미소를 보였다. 민석이 고등학교 소년이었을 때 그때 나는 사회 초년생이었다. 그는 누나를 만났고 나는 동생을 만났다. 동갑내기라고 했었다면 누나가 될 수 있었을까?

민석은 지금의 아내를 만나 살아갈 수 있게 해서 고마운 사람이라고 했다. 사랑하는 아이들까지 완벽하게 행복한 가정에서 최악의 재정적으로 밑바닥까지 내려갔다가 다시 상공을 날듯 완벽한 성공이었고 행복이 시작되었다고 생각했다.

"누나. 나…, 누나 엄청 사랑했었다. 아무것도 알고 싶지도 않았어. 그냥 누나를 미치게 좋아서 수업이 끝나자마자 버스 타고 누나 회사로 갔었어. 차비는 없는데 누나 보고 싶어서 마지막 수업 제치고 뛰다가 걷다가 3시간 걸려 갔는데 누나가 사준 김밥 먹고 자취방에 왔는데 밤 1시가 넘었어. 그리고 또 미치게 누나가 보고 싶었어. 그때 나는 정상이 아니었어. 누나 모르지? 편지도 많이 보냈던 것? 기억도 없지?"

웃을 일이 아닌지도 모른다. 나는 웃음소리를 내지 않으려고 노력했지만 웃고 있으면서 눈물이 흘렀다. 정말 나는 몰랐다.

사랑은 상대적이라고 믿고 있었다. 나는 내 남편이었던 사람을 단 한번도 사랑했던 기억도 없고 그 사람이 나를 사랑해서 함께 살았다는 생각보다 육체적인 욕망을 채우기 위해 함께 사는 거라고. 사랑에 대한 믿음이 내겐 없었다.

"하필 왜? 나였을까? 많이 힘들었겠네? 그런데 내가 몰랐던 것이 어쩌면 다행인지도 몰라. 지금의 아내를 만났으니까."

나는 그 말을 하면서 진실한 사랑을 받았었다는 것을 알았다.

"누나를 사랑할 수밖에 없었지. 이쁜 누나가 마음도 천사였으니까."

그는 웃었다.

"아이구. 뭐가 그렇게 재미있어?"

은혜가 비닐 봉투에 산나물을 가득 채워 들고 왔다.

"누나! 은혜야! 우리는 전생에 형제였나봐? 누나는 아마 제일 큰누나였을 것 같아."

"오빠! 그럴지도 몰라? 우리 할머니가 강씨거든? 혹시 전생에 우리 할머니의 가족일지도?"

"말도 안 되는 소리 그만하고 가자."

우리는 빨리 출발해야 한다면서 아쉬움에 미적거리고 있었다. 차창으로 태양이 서쪽으로 기울고 있었다.

은혜가 이혼해야겠다고 한다. 은혜 남편은 깔끔하고 노는 날도 없이 직장에 충실하던 남편이 사춘기 아이처럼 반항하듯이 불만도 많고 회사도 나갈 수 없을 정도 술에 찌들어 산다고 했다. 회사에 불성실하던 남편이 기어이 퇴사 당했다고 했다. 은혜는 친구가 운영하는 식당에 나가 일하는 것 믿고 그러는지 요즘에는 아침부터 소주를 마신다고 한다. 은혜는 남편과 딸을 하나 낳고 알콩달콩 사는 모습이 보기 좋았었다. 그랬던 은혜가 이혼하겠다는 말을 충동적으로 하는 말인 줄 알았다. 사랑해서 만났다면 사랑했던 기억 만으로 평생을 살아갈 수 있을 거라고 나는 그렇게 생각했었다. 단 한번 만이라도 바람처럼 살갗을 스치는 부드러운 촉감을 느낄 수만 있어도 이것이 사랑이라고 믿고 살아갈 수 있었을 것이다. 한때는 그런 사랑을 느껴 보고 싶었다.

"은혜야. 내가 어떤 말을 할 수 있겠니? 3주 후에 일 때문에 나가야 하니까 너한테 들릴게."

"카톡! 카톡! 국제전화요금이 부과되지 않는 세상을 산다는 것은 인류 문명의 혜택을 확실하게 받고 사는 것에 무안한 감사를 느끼지만, 은혜의 카톡 전화는 마지못해 받을 수밖에 없었다. 이혼녀가 된 나로서는 은혜에게 어떤 충고나 도움이 될 수 있는 말을 할 수 없었다. 공항에서 은혜가 기다리고 있었다. 원수 같은 남편을 만나 보라는 것이었다. 가능한 이혼을 하지 않으려고 남편을 만나 보라는 것으로 생각 했었다. 은혜가 살고 있는 아파트 현관문을 열었을 때 집안에서 음식 냄새와 술내가 풍겼다. 말은 못하고 발코니 창문을 열어 오밀조밀한 화분에 담긴 다육이들을 바라보며 긴 호흡을 했다. 내가 온다는 말도 하지 않은 탓에 처형을 보고 쑥스러운 듯이 인사를 했다. 그는 확실하게 술에 절어 눈동자는 벌겋게 변해 있었고 둥글둥글한 코끝마저 빨갛게 열이 올라 있었다. 그는 아무렇지도 않게 행동하려고 노력했다. 저녁 식사를 끝내고 은혜는 식탁 위에는 수박을 썰어놓고 자리를 피해 밖으로 나갔다.

"수지 아빠! 얼굴이 술에 절어있는 것 알고 있는 거에요? 일도 하지 않고 술만 마신다고 하길래 믿지 않았는데. '나는 알코올 중독자입니다.'라고 얼굴에 써 있네요. 그렇게 살아갈 사람 아니잖아요? 인생 포기한 거에요? 아니면 망가진 것 보고 마누라가 정나미 떨어져서 나가길 바라는 거에요?"

은혜 남편은 평소 말이 없는 나를 유일하게 조심스러

워했다.

"수지 아빠. 딸에게 부끄럽지 않아요? 그런 사람 아니잖아요. 왜 그렇게 망가진 거에요?"

"처형. 죄송합니다. 그런데 집사람이 나를 외롭게 만들어요. 나를 사람 취급도 하지 않아요. 바쁘다는 핑계로 식당 쉬는 날 마저도 집구석에 붙어있지 않는단 말이에요. 나를 남자 취급도 하지 않는단 말이에요."

기가 막혀 웃음을 참고 뚫어져라 져다 보았다.

"수지 아빠. 가정을 지키는 가장으로 아빠로 살면 은혜가 든든한 남자로 느낄텐데? 지금 그 모습, 일도 하지 않고 술 냄새 풀풀 풍기고 그렇다고 깨끗해 보이는 것도 아닌데 어떻게 남자로 보이겠어요?"

그는 고개를 숙인 채 일어나 냉장고에서 소주를 꺼냈다.

"이리 줘요. 내가 따라줄게."

그는 망설이듯 소주병을 내게 주었다. 술잔이 채워지자 마자 그는 홀짝 마시고 내려 놓은 잔에 나는 다시 술을 채웠다.

"수지 아빠! 아무리 하나밖에 없는 남편이라도 이 모습 보며 살고 싶은 여자가 없어요. 도망치고 싶지. 뭐가 좋다고 살겠어요? 일하기 싫으면 밖에서 일하는 마누라 위해서 살림이라도 하고. 남자로서 마누라 품고 싶으면 향긋한 냄새를 풍기지 못할망정 뱃속에서 부패된 술 냄새라도 나지 않게 깨끗이 하고 힘들게 일하고 오는 마누라 수고했다고 해봐요? 은혜가 남편에게 크게 기대 하는 것 없잖아요. 수지 아빠가 변한 모습 보여줘요."

은혜는 남편이 변할 것을 기대하지 않았다. 이미 이혼을 하겠다는 결심을 하고 있었다. '언니가 봐도 이혼이 답이 아니냐?'고? 확인하기 위해서 남편을 만나게 했던 것이다.

"언니. 나 너무 후회하고 있어. 저 사람 만난 것을."

은혜는 자동차 핸들을 돌리며 말했다.

"은혜야. 사랑해서 만난 남편이고 수지 아빠라는 것 잊지마. 남편한테 진지하게 기회를 줘봐."

"아니! 내가 변한 건지도 몰라. 철없을 때 만났던 사람을 이제야 제대로 사람 볼 줄 알게 된 건지도 모르지." 은혜는 단호하게 말했다.

"그렇게 말하면 안 되지? 세상에 유일하게 사랑했던 사람을 만나 함께 만든 소중한 딸도 있는데. 조금은 부족해도 서로 알면서도 모르는 척 조금 참고 사는 것이 부부 아닐까?"

"언니. 저 인간 조금 부족하지 않고 고쳐 살 수도 없어 언니는 결혼 전이나 지금이나 언니가 원하는 대로 살아서 몰라."

은혜는 모르고 있었다. 내가 겪어야 했던 일들을 나는 숨기고 살았다. 굳이 말한다면 숨긴 것이 아니라 내게 주어진 일들을 내 부모 형제들에게 말을 할 줄을 몰랐었다. 다만 엄마 아버지는 결혼 하고 이유 없이 뼈만 남을 정도로 야위고 황달이 지나쳐 피부색이 검게 변한 나를 원자력 병원까지 데려 갔었다. 아버지는 직감했었다. '조상 대대로 우리 집안에 이혼녀라는 것은 없다.'고 하지만 세상이 바뀌었다고. 네가 원하면 헤어지라고 하셨다. 자존심은 아니었다. 은혜에게 말할 필요가 없었을 뿐이었다.

"은혜야! 나는 내 아들은 만나게 해준 그 사람이 고마워. 미워하지 않아 미안할 뿐이지 사랑할 수 없어서. 아마 그 사람을 만나지 않았었더라면 내 아들을 만나지 못했겠지? 은혜야 네 남편에게 기회를 줘보자."

난 나로 인해서 내 아들이 겪어야 하는 것들은 알고 사는 것이 얼마나 괴로운지 것인지 내가 아프고 슬픈 만큼 내 아들이 더욱 감당하기 힘들었을 거라는 생각 때문에 지금도 나는 아들에게 미안해 하며 살고 있었다. 부부 문제지만 아이들에게 아빠나 엄마가 함께 있어줘야 하는데.

 나는 내 자식 옆에 없었기 때문에 늘 죄인 같았다. 그것은 물질적 도움으로도 해결 될 수 없는 것이었다.

 "언니! 다 타고난 팔자라고 생각해. 다 살아가게 마련이야."

 은혜는 오히려 나를 위로했다.

 기차역에 다 와갈 무렵 은혜가 커피숍에서 함께 있을 시간이 넉넉하다고 했다.

 "언니. 민석 오빠 많이 아파. 회복 될 줄 알았는데… 그동안 더 야위고 뼈만 남았어."

 "너. 솔직하게 말해봐. 아픈 사람한테 연민의 정이라도 느끼는 거니? 네가 책임져야할 의무라도 있다고 생각하니? 그런 거야? 네가 수지 아빠 외롭게 만든 것은 아니니?"

 은혜는 달라졌다. 잠자고 나가 일하고 들어오면 남편이 방에 들어가면 다른 방으로 들어가고 중학생 딸은 방에 들어가 문을 잠그고. 마치 남남이 한 집에 기거하는 모습이었다.

"조금은 그런 생각을 했어. 내가. 민석 오빠를 기다려 줬어야 했는데. 그 오빠 군대 있을 때 면회갔었거든. 외박 나와서 모텔에 함께 있었어. 나를 가질 수도 있었으면서 오빠는 나를 지켜줬어. 나중에 알게됐어. 남자가 그러기 쉽지 않다는 것을. 정말 좋은 사람을 기다리지 못한 거지."

아무 말도 할 수 없었다. 은혜가 하는 말을 들어줘야 했다.

"간을 잘라내는 수술하고 3년이 지났어. 회복이 아니라 가슴이 딱딱하게 굳어지고 있는데도 내가 가면 무척 밝은 얼굴로 고마워하는 모습을 보고 안 갈 수가 없어."

"은혜야. 너…, 네 남편을 멀리하기 시작한 것이 민석이 때문 아니니? 사람마다 지켜야 할 것이 있어. 다른 성향이 있는 것을 존중하고 인정하지만 그 선을 넘지 말아야해. 네가 민석을 위해서 아픈 사람을 돌봐주고 싶은 마음은 이해하지만 네가 해줄 수 없는 것이 있어 민석이 아내만 할 수 있는 것들이 있는 거야. 네 남편을 조금만 생각해봐. 정신적인 외도라는 것도 있어. 네가 남편을 망가지게 해서 네 딸이 성장해서 네가 옳지 않았다고 생각한다면 네 딸이 너를 원망할 수도 있어. 어쩌면 네 딸이 예민한 나이에 마음에 병이 생긴다면 어떡하려고? 인간은 누구나 늙어가고 죽는 거야. 네가 생각하는 민석은 외롭지 않아. 아마 너를 더 걱정하고 있을 거야."

"언니. 나는 오빠가 쓸쓸하게 혼자 떠날까봐…."

"네가 거기 가지 않아도 아내와 자식들이 알아서 보살피고 있을 거야. 네가 보지 못하는 것뿐이야. 가지 말라는 말은 아니야. 지켜야 할 것은 지키라는 거야."

은혜가 눈물을 흘렸다. 은혜는 정신적인 사랑을 하고 있었다. 은혜는 알고 있었다. 남편이 육체적인 욕망을 채워주지 않아 불만이 시작된 것을 알면서도 은혜는 남편의 손길을 피하고 있었다. 어쩌면 이루어지지 않았던 것에 대한 아쉬움으로 기억을 붙잡고 싶은 지도 모른다.

"민석을 사랑하는 거니? 괜찮아. 하지만 사랑한다고 사랑하는 사람에게 사랑을 보이지 않는 것이 더 행복할 수 있어. 사랑하고 있다는 것을 알게 된다면 너를 위해 그 사람은 또 아파할 테니까. 네 마음속에 간직하고 살아. 그 사람이 떠나도 네 마음에 사랑이 남아있을 테니까. 은혜야. 네가 처음 남편을 만났을 때 그때를 기억해봐 네가 기억하는 민석을 향한 아쉬운 마음도 이해는 하겠는데 네 남편은 더 많은 추억이 있었을 거야? 버리지 마 그 추억은 네 딸이 알든 모르든 딸에게도 남겨진 추억이고 기록이니까. 그 애가 그렇게 태어났으니까."

길가에 코스모스꽃이 바람에 너울거리며 춤을 추고 있었다. 마을 입구에서도 느껴지는 비어있는 집들 오래된 사람들이 떠난 것일까? 아니면 도시에 살고 있는 자식들에게 마지막 시간을 함께 보내려고 가 있는지도 모른다. 마을은 아무도 살지 않는 허름하게 부서져가는 집들을 지나고 담쟁이 잎이 붉게 덮인 돌담 옆으로 올라갔다. 가파른 언덕에 흰 갈대꽃이 바람에 너울대며 춤을 추었다.

민석이 세상을 떠나던 날 그의 아내는 전화번호에 저장된 동생의 전화번호로 연락을 했다. 민석의 아내는 은혜에게 장례식에 참석해줄 것을 부탁했다. 형제도 없는 남편을 위해서 아내로서 부탁하는 것이라고 했다. 은혜는 장례식에 참석할 수 있어서 그의 아내가 고마웠다.

청명한 하늘에 반짝이는 가을 태양이 묘비 위에 올려진 노란 국화꽃을 비추고 있었다.

"누나. 내가 죽기 전까지만 누나라고 부를게."

나는 그와 함께 마셨던 맥주를 따랐다.

"그래 민석아. 내가 살아있는 동안 넌 내 동생이야. 내 동갑내기 동생, 너를 내가 기억하고 있을게. 네가 나를 잊지 않고 그랬던 것처럼…, 안녕."

해무(海霧)

해무(海霧)

 깎아지른 절벽의 바위틈에 진달래가 아슬하게 매달려 있었다. 절벽 아래는 바위에 기대어있는 집들이 이웃과의 이어진 돌담장 사이로 지붕 낮은 작은 집들이 길게 이어져 있었다. 대부분의 집들은 미닫이문이 유리문과 비닐문이 이중으로 되어 있는 음식점들이다. 집 앞에는 자동차가 지나갈 정도로 그리 좁지 않은 도로지만 바다를 등지고 포장마차들이 있었다.

 용마루 부둣가의 아침은 뽀얀 안개에 덮여 먼바다를 볼 수 없을 뿐더러 높은 절벽 위에서 스프링클러에서 물을 뿌리듯이 안개가 바람을 타고 지나간다. 사람들은 말없이 천막을 걷어내고 장사할 준비를 하고 있을 뿐, 아직은 외지에서 오는 사람들은 보이지 않는다.

부둣가의 봄날 아침은 늘 뿌연 해무 속에 물비린내가 바람을 타고 코를 스친다. 음습하게 느껴지는 거대한 절벽 위에 햇살이 떠오르고 있었다.

통통거리는 고깃배의 엔진 소리가 들리기 시작했다. 사람들이 배 선착장 가까이 모여들기 시작하면서 고깃배들이 이어서 들어오고 있었다. 하얀 갈매기들도 안개비에 젖은 날개를 털고 그들만의 언어로 끼룩거리며 고깃배 위를 선회하고 있었다.

한 여자가 선착장에 올라오는 남자에게 종이컵에 따뜻한 무언가를 따라주고 있었다. 적당한 체구의 그 여자는 사십 중반의 모습에 어두운 청색 바지와 회색빛 점퍼를 입고 있었다. 여자가 어깨를 덮고 있는 머리를 손으로 쓸어 올릴 때 언뜻 보아도 하얀 피부에 도시적인 여자로 보인다. 저 여자는 어디에 있었던 것일까? 어디서 태어났을까? 저 남자와 어떻게 만났을까? 내 눈은 그녀를 쫓고 있었다. 저 여자는 행복한 것일까? 사랑해서 만난 것이라면…, 저 모습은 지극히 평범한 것이지만, 나는 순간 내 언니를 떠올렸다. 먼바다에서 거친 파도를 견디며 고기를 잡고 돌아온 남편을 마중 나온 것이라고 간주하면서 서로에게 그리움과 고마움을 느끼고 있을 것이라고 생각했다. 그들은 한참이나 물건들을 옮긴 후 뒷모습을 보이며 멀어져 간다.

바다는 봄 햇살을 받아 은빛으로 빛나고 모래와 자갈은 밀물에 흔들리는 소리가 들린다. 봄날 하늘과 맞닿은 듯한 수만 년 바람에 깎인 절벽에 매달린 진달래꽃이 화사하게 피어있었다.

그때도 꽃은 한창 피어있었다. 마을 뒷산 중턱에 자두 과수원이 온통 하얀색으로 덮여 있고 우리 집 담장 안에도 배나무와 복숭아꽃이 피고 작은 키의 앵두나무꽃이 피어 있었다. 그뿐만이 아니라 옆집 담장 안에도 벚꽃과 살구꽃이 피었고 응달진 담장 밑에 노란색 개나리꽃이 남아 있었다. 산언덕에서 보이는 마을은 봄 햇살에 화사한 꽃이 뭉실뭉실 피어있었다.

마을 앞은 넓은 농토와 마을 끝자락에 저수지가 있고 저수지와 맞닿은 방파제 둑을 지나 용마루 선착장에 통통배들이 드나들고 바닷새들의 소리가 들렸다. 기름진 옥토와 갯벌 바다에서 얻을 수 있는 풍요로움으로 사람들의 성격조차 여유로웠다.

사월 중순부터 저수지의 물을 논에 대느라 매일 발동

기 소리가 요란하게 들렸다. 모판에 모는 파랗게 자라 있었고 아버지는 점점 모를 심을 일꾼이 없어 어쩔 수 없이 마을 단체로 타지역에서 이앙기와 기사를 불러야 했다. 사람들은 기계가 모를 심는 것이 신기해서 다들 나와서 구경을 하고 있었다. "사람이 모를 심어야지 저게 튼튼하게 뿌리를 내릴 수 있을지…" 궁시렁거리는 아버지 옆에 길수가 서 있었다. 사람들은 여섯 아니면 여덟 명이 심어야 할 모를 기계가 쉽게 지나가면서 심는 것을 마지못해 믿어야 했다. 아버지의 밥상에는 계집아이들 뿐이었다. 딸 하나만 아들로 태어났더라면…, 아들과 함께 농사짓는 사람을 부러워했다. 그렇다고 해서 아들이 없는 것도 아니고 자식들에게 불만인 것도 아니었다. 오히려 남들의 부러움을 사기도 했다. 머리가 좋은 대학생 아들 하나에 두 딸은 출가했고 직장에 다니는 딸과 고등학생 딸 그리고 늦둥이로 아들일 거라 믿고 낳은 딸 있지만 하나 같이 유순하고 착했다.

  세상이 바뀌어 기계가 사람 노릇을 하는 것을 요리조리 신기하게 보는 아버지 옆에서 길수는 일자리를 빼앗긴 것처럼 길바닥에 박힌 돌을 발길로 툭툭 차고 있었다.

마을 입구에 승용차 한 대가 들어오고 있었다. 기계가 모를 심는 것을 구경하던 사람들은 방앗간 앞에 멈춘 흰색 자동차를 바라보았다.

이 고장에 유일한 대학생 박성태, 우리 오빠였다. 오빠는 고등학교를 1등으로 졸업하고 장학금으로 서울에서 대학교에 다니고 있었다. 그는 4명의 친구들을 아버지와 마을 사람들에게 일일이 소개하면서 친구들이 농촌일손 돕기 봉사활동을 나왔다고 알렸다. 그러지 않아도 텔레비전에서 대학생들이 화염병을 던지고 데모하는 것을 보고 '혹시 내 아들이 저 속에 있는 것은 아닌가?'하는 걱정을 했었다. 아버지는 착실하게 농촌 봉사하러 왔다는 아들이 더 없이 자랑스러웠다. 오빠 친구들은 아주 오래된 회색 빛 기와집에 안채와 행랑채가 있는 할아버지의 대물린 오랜 된 집은 대문과 지붕을 받치고 있는 반질반질한 통나무 기둥과 높은 서까래를 보자 마치 전설의 고향에 나오는 집이 아니냐고 놀라워 했다. 다행스러운 것은 전기가 들어오고 선풍기며 냉장고 전기 밥솥 등이 어울리지 않게 사용하고 있었다. 공장에 다니는 셋째 언니가 알뜰하게 돈을 모아 장만해준 것이다. 오빠에게 나는 그림자처럼 반가워하는 모습을 뒤로 하고 친구들을 데리고 마을을 구경시켜주러 나갔다. 언니 승미가 바쁘게 집을 치우고 엄마는 서울서 온 오빠와 그 친구들을 위해서 분주하게 저녁밥을 하는 모습을 보았다. 나는 오빠를 보려고 엄마가 부엌에서 무언가 심부름을 시키려고 했지만 듣지 않고 뛰쳐나와 오빠들을 보고 집으로 돌아왔다.

집안에서 구수한 음식 냄새가 났다. 아버지와 함께 들어온 길수가 앞마당에서 손을 씻고 목에 걸고 있던 수건으로 옷에 먼지를 탁탁 털어내고 있었다. 부엌에서 음식을 들고 마루로 가져가는 언니를 보고 길수는 빠른 걸음으로 언니에게 다가가 음식이 놓인 넓은 양은 쟁반을 받아 마루에 올려 놓았다.

"아저씨, 아주머니. 안녕히 계세요."

"길수야 상 차렸는데 밥 먹고 가야지 그냥 가냐? 승아야. 너는 얼른 서울 오빠들 오라고 해라."

"아이, 아니에요. 손님도 왔는데 집에 가서 먹지요 뭐."

나는 대문 밖으로 뛰어나갈 때 거의 매일 오다시피 하는, 그렇지만 내 입으로는 한번도 부르지 않는 길수 오빠와 동시에 집을 나섰다. 나는 집에도 마을에서도 존재감 없는 아이라는 것을 언제부터였는지 스스로 알고 있었다. 부모님은 생각지도 않은 아이가 생겼지만 아들일 거라고 믿었는데 계집아이가 태어나고 그것도 노산에 태어나 젖도 제대로 빨지 못한 연약한 아이였다.

여자들만 앉아 있던 밥상 앞 모습에서 모처럼 만에 아버지의 밥상에는 명절이나 펼치던 큰 밥상에 아들과 그 친구들이 함께 앉아 있으니 아들이 자랑스럽고 뿌듯해 하는 아버지의 들뜬 목소리를 들을 수 있었다.

배운 것 없는 시골 농사꾼 아버지는 아들이 대학을 다니는 것이 자랑스러웠다. 스무 마지기의 벼농사를 짓고 산 밭에 콩을 심고 들깨 심어 팔아서도 아들 대학 보낼 수 있는 능력은 못되고 다행이 공장에 다니는 딸이 지 오빠를 보태주고 있지만, 넷째 딸 승미가 중학교를 졸업하면 서울로 돈 벌러 갈 줄 알았는데 오빠처럼 대학교에 가겠다고 고집을 부리고 '계집애가 공부해서 뭐하나' 싶지만 담임 선생님까지 나서서 설득하여 마지못해 고등학생이 된 딸과 막내만 남은 집은 늘 적적했었다.

모내기는 기계가 하더라도 자투리 논과 구석구석 사람 손이 필요 한 것을 길수와 대학생들이 나서서 하고, 밤이 되자 마을 회관에서 서울서 온 대학생들은 학생들을 모아 공부방을 만들었다.

언니 승미도 대학생 오빠들의 과외를 받고 싶었다. 그

러나 자신만이 유일한 사람이라 여기는 아버지보다 더 가부장적이고 이기적인 오빠는 승미를 도와주려 하지 않았다. 부모님을 생각해서 조신하게 있다가 시집가라면서 언니가 공부하는 것을 못 마땅하게 여겼다. 그러나 친구 범수의 선택으로 고학년인 언니만 따로 특별 과외를 받을 수 있었다.

언니는 매일 행복한 모습으로 새벽에 일어나 첫차를 타고 학교에 갔다와서도 밤늦은 시간까지 오빠 친구에게 과외 공부를 할 수 있었다. 한 달이 다 되어갈 무렵이었다. 대학교는 휴교 중이라고 오래 있을 것처럼 하던 서울 오빠들이 별안간 떠나야 한다고 했다.

언니에게 다행스러운 것인지 범수 오빠만 떠나지 않았다. 오빠와 친구들이 갔는데 '우리 오빠가 아닌 그 오빠가 왜 혼자 남아 있는지?' 이해할 수 없는 일이었다.

범수 오빠는 마치 아버지의 아들처럼 농사일을 따라다니면서 도와주고 밤에는 언니의 공부를 과외하고 있었다. 언니는 범수 오빠가 자신을 좋아하고 있다고 생각했다. 매일 범수 오빠와 단 둘이 공부하고 있는 이유로 많은 상상과 꿈을 꾸었다.

산에는 원추리꽃이 피어있었고 구릉지를 지날 때는 하얀 찔레꽃이 길을 막았다. 범수는 산길을 지나 신작로 길에 다다랐을 때 버스에서 내린 승미와 마주쳤다. 범수는 이곳이 좋아서 더 있고 싶다고 했지만 그는 수배 중이었고 가끔 정류장에 나와 서울의 상황을 알아보기 위해 공중 전화를 사용하기 위해 온 것이었다. 성태와 친구들도 길바닥에서 최루탄 가스를 마시면서 화염병을 던지던 데모에 가담한 학생들이었다. 국문과 학생인 범수는 유독 세계관에 호기심이 많아 사회주의 이론과 마르크스 레닌주의에 빠져 사회주의 건설을 위해 동아리를 만들어 혁명을 꿈꾸고 있었다. 그는 우리나라가 군사 독재가 되는 것을 막겠다고 하면서도 정작 독제 여야 만이 되는 공산 사회주의를 신봉하고 있었다. 그는 당당하게 토론에 나서면서 수배자가 되어 친구들만 우선 서울로 가서 상황을 보고 연락하겠다고 해서 남게 된 것이었다.
　"오빠, 오빠네 엄마 아빠가 당장 오라고 하면, 당장 가야 되는 거 아니야? 난 오빠 덕분에 이번 시험에 성적이 올랐는데. 이러다 오빠 덕분에 장학금도 탈 가능성도 있어."
　승미는 집으로 가지 않고 삼거리 가게까지 따라오면서

쉬지 않고 조잘거렸다.

이범수는 1년 늦게 대학을 가고 1년을 휴학했었기 때문에 동아리 친구들보다 나이가 많다. 때문에 승미와는 나이 차가 많아서 그런지 하는짓이 볼수록 귀엽다. 마치 앵무새처럼 조잘대면서 입가에 예쁜 미소가 떠나지 않았다. 전화를 하던 범수는 놀란 모습으로 가게 문밖에 나와서 멀뚱하게 하늘은 보았다. 전라도 광주에 난리가 났는데 간첩이 들어왔거나, 아니면 어떤 일이 일어났는지 아무도 알 수 없지만, 대한민국 가운데에서 전쟁이 시작되기라도 한 것인지 수많은 사람들이 죽어 간다고 했다. 누가? 그는 자신이 비겁하게 숨어 있다는 것을 자책하면서 어떻게 해야 할는지…. 자신의 존재감이 무력하게 느껴지고 있었다.

"오빠, 내가 말했지. 독수리 바위에서 저녁 노을을 보면 정말 아름답다고. 오빠 빨리 가요."

아무것도 모르는 승미는 저녁노을을 보러 가자고 행복한 미소로 말하지만, 그는 다른 생각을 하면서 승미를 따라가고 있었다. 깎아 지른 절벽 위에는 검은 바위 하나가 있었다. 겨울이면 독수리가 늘 앉아 있는 바위라서 사람들은 독수리 바위라 부르게 되었고. 해마다 찾아오는 독수리는 마을의 수호신이 되었다.

저녁노을 빛에 물들은 바다는 온통 주홍색으로 빛나고 있었다.

"오빠, 이곳은 내가 제일 좋아하는 곳이에요. 절벽만 내려다 보지 말고 엎드려서 멀리 석양을 보세요. 정말 아름답지 않아요?" 승미가 땅에 배를 깔고 누워 턱을 괴고 바다를 보았다.

"그래. 정말 아름답다." 범수는 아름다운 석양을 보면서도 머릿속이 복잡하게 얼키고있었다.

둘은 나란히 엎드려 말없이 해지는 것을 바라보고 있었다.

범수는 누군가 나무 뒤에서 지켜 보고 있다는 것을 느끼고 뒤를 돌아보았다. 길수였다.

"길수 오빠! 거기서 뭐해? 왜 우릴 보고 있는 거에요?"

"아, 나무하러 왔다가 너 여기 있는 것 본 거야. 놀랬어? 미안해."

길수는 머리를 긁적이면서 멋쩍게 빙긋 웃으면서 산 아래로 내려갔다.

"오빠, 나 대학생이면 오빠 졸업하는 건가요? 아니면 군대 가나요?"

"글세…, 나도 모르겠어. 세상이 바뀌고 있어 과도기지 이 시국에 앞날을 예측할 수가 없다."

석양은 초록색 줄을 그어 놓고 바다 속으로 차츰차츰 사라지고 있었다. 승미는 학교에서도 집에 가면 범수 오빠가 이미 서울로 가버린 것은 아닐까? 조바심으로 집에 오자마자 범수를 찾아 단둘만이 함께할 수 있는 시간을 만들었다.

"아이고머니나! 길수 총각! 왜 거기 있는 거야? 왔으면 들어 가지 애 아부지 안에 있어."

어머니가 마실 갔다 오는 길에 승미 방문 앞에 웅크리고 앉아있는 길수를 보았다.

만신 할멈이 길수와 함께 마을에 들어와 산지 8년이 되었지만, 또래 친구도 없어서인지 길수는 가끔 저녁 마실 와서 아버지와 내일 일할 것을 의논하곤 했다. 다른 집 일이 들어와도 우리 집 일을 먼저 해주는 것이 고마워서 길수 총각을 아주 신임을 하고 있었다.

"여보, 아이고 글쎄 깜짝 노랬지 뭐에요. 나, 간 떨어지는 줄 알았어."

길수가 요상하게 공부방을 엿보았다는 것을 말하자 아버지는 서울 학생 때문에 호기심이 있었을 거라고 대수

롭지않게 넘겼다. 나는 이미 서울 오빠들이 오기 전에도 길수는 언니가 방에 있을 때 손을 씻으면서도 언니 방을 쳐다 본다는 것을 알면서도 엄마한테 말할 수 없었다. 그뿐만이 아니라 나는 왜 그랬는지 처음부터 그 사람이 이유없이 싫었다. 그 사람이 아버지에게 필요한 사람이지만 그의 날카롭게 생긴 코와 가늘게 뜨는 눈으로 사람을 살펴보는 느낌이 싫었다.

 햇살이 뜨겁게 비추던 여름날 길가엔 하얀 개망초가 지천으로 피어있었고 우물가에는 봉숭아와 맨드라미가 씨앗을 품고 서 있었다. 미루나무에서는 매미가 목청껏 울어대고 있던 날 언니는 오늘도 우체부를 기다리고 있었다. 편지를 기다리거나 아니면 어젯밤에 쓴 편지를 보내려고 선풍기를 틀어 놓고 책을 보면서도 대문 밖을 보고있었다. 한동안 언니는 범수 오빠와 편지를 주고 받으며 기쁨에 들떠 있었다. 그러던 언니가 점점 말이 없어지고 슬픈 표정과 깊은 상념에 젖은 모습이 가여웠다.
 언니는 내가 친구와 놀던 이야기를 해도 듣고 하는지 못 듣고 대답을 하는지 "그랬구나."라고 부정도 긍정도 아닌 듯 내가 하는 말은 언니에게 들리지 않고 허공에

맴돌다 사라지는 듯했다.

가을이었다. 마을 앞은 온통 황금색의 볏나락이 바람 따라 너울거렸다. 언니와 나는 해마다 가을이면 뒷산에 나무에서 떨어지는 밤을 주우러 가는 것은 당연한 일이었다. 우체부가 오지 않는 일요일이어서였는지 언니가 먼저 바구니를 들고 나섰다.
"언니, 서울 오빠한테 편지 아직 오지 않았어?"
"어떤 편지? 네가 뭘 안다고? 밤이나 어서 주워 담아."
"언니 오빠한테 물어보지 그래? 오빠 친구잖아? 나 언니 비밀 엄마한테 말 안할 거야."
언니는 안심했는지 빙긋 웃어 보였다.
오랜만에 언니와 함께 밤도 줍고 독수리 바위 옆에서 보리수 열매도 주머니 가득 따왔다.
추석이 다가오자 햅쌀로 제사를 지내기 위해 이른 벼를 수확하느라 길수는 매일 아버지 일을 도와주고 저녁까지 먹고 갔다. 길수는 다른 집의 일을 해도 우리 집을 지나가면서 아버지에게 인사를 하고 갈 만큼 아버지에게는 특별한 사람 같았다.
추석이 되어 서울에서 공장에 다니는 언니가 왔다. 엄

마는 공장에서 고생한 언니를 보고 눈물을 흘리고, 아버지는 말없이 손을 잡아주었다. 추석 전날 오빠는 늦은 시간에 택시를 타고 집에 왔다. 읍내에서 버스를 놓쳤다고 했다.

추석 명절 동안 훈훈했던 집안은 오빠와 서울 언니가 가고 나서야 집안 분위기는 제자리로 돌아온 듯이 가을바람이 썰렁하게 지나가고 조용한 밤이되었다. 언니가 이불 속에서 뒤척이고 있었다.

"언니, 오빠한테 물어봤어?"

"뭘? 무슨 말을 물어봐?"

언니는 내가 무슨 말을 하는지 알고 있을 것이다. 그러나 나는 더 이상 아무 말도 할 수가 없었다.

언니는 여전히 새벽에 일어나 버스를 타고 학교에 가고 집에오면 모든 것을 포기한 듯 힘없이 들일 하고 온 엄마를 도와 부엌에 있을 때 나는 언니의 일기를 훔쳐보았다.

언니의 일기장 속에는 오빠가 했던 말들이 쓰여있었다. '더 이상 범수 오빠에게 편지할 생각도 하지 말라.'고. '편지를 한다고 해도 받을 수도 없다.'고 했다. 왜냐고 묻는다면 '범수를 위해서 또한 네 오빠인 나를 위해서 그리고 네 앞날을 위해서.'라고 오빠는 강한 어조로 말했다고 일기에 쓰여 있었다. 오빠가 잔인하다고 할만큼 슬픔과 심한 좌절감에 가슴이 아프다고 했다. 인연이 있다면 분명히 만날 수 있을 거라고 그렇게 써 있었다.

언니는 힘들게 이겨내는 듯이 어느 때는 예전의 언니다운 모습이다가 어느 순간에는 슬픈 표정이었다. 밤이면 나는 안방에서 아버지와 어머니가 있는 방에서 숙제를 하거나 책을 읽고 있었고 언니는 대청마루를 지나 건넛방에서 오빠가 쓰던 책상에서 공부를 했다. 그 방은 언니만의 방이 아니라 나와 함께 쓰는 방이지만 나는 언니가 공부하는 동안 심심해서 안방에서 아버지와 엄마가 이야기하는 것을 들으면서 숙제하다 잠드는 것이 다반사였다.

가을 바람이 불었다. 산은 울긋불긋한 색들로 점점 더 진해지고 황금 들판은 풍요롭게 춤을 추고 있었다. 이앙기와 기사를 불러 모를 심던 마을 사람들은 벼를 베고 나락까지 가마니에 담는 콤바인으로 추수를 하면 쉽고 간단하다고 하나, 비용이 비싸다고 망설이는 사람과 소작인들은 직접 낫으로 수확해야 한다는 의견이 갈리고 있었다. 아버지는 점점 나이가 들고 지쳐가고 있었다. 아무리 농사를 지어도 돈으로 따지자면 그 값어치는 허탈했다. 아버지는 내가 숙제를 하는 동안 길수가 벼를 벤다면 며칠이 걸리고 벼베는 품삯과 탈곡할 때 품삯이며 일꾼들 밥에 고등어라도 올려먹게 해야겠고 그뿐인가. 요즘에 막걸리에 사이다며 '새참으로 써야 할 금액이 만만치 않은데…'라며 엄마의 의견을 묻는 듯했다.

"여보. 그냥 돈 더 주고서라도 기계를 불러요. 작년에 벼 베어 쌓아 놓고 탈곡도 하기 전에 가을비에 젖어서 얼마나 애먹었어요. 들깨도 털어야지 콩도 털어야 하고 내 할일이 태산인데 일꾼들 밥 해주는 것…, 아이고 나도 그렇고 당신도 이제 늙었어요. 지난해 논바닥에 구불구불 용이 누워있듯이 벼를 베어 세워놓고 타작할 날을 잡아놓고 있었는데, 가을비가 여름날 소낙비 오듯 내려 마른 나락이 흠뻑 젖어 애를 태웠었던 일을 그새 잊었어요?"

토요일이었다. 언니와 나는 고구마를 캐는 일이 주어졌다. 언니는 낫으로 고구마 줄기를 자르고 나는 이어진 고구마 줄기를 끌어내는 일을 힘들게 한 다음 우리는 길게 둔덕진 땅속에 든 고구마를 나란히 앉아 캐고 있었다. 언니는 가끔 '다음에 서울 가면…'이라며 앞날에 대한 이야기를 했었지만, 이제 서울 이야기를 하지 않았다. 언니는 갈래 머리로 세 번 엮어 묶은 머리에 귀 옆으로 흘러내린 옆모습이 무척 예쁘다는 것을 매번 느꼈다. 아침이면 일어나기 바쁘게 고양이 세수하고 거울도 제대로 보지 않고 학교로 달려가는 나는 내 얼굴에 대하여 관심도 없었다.

"언니. 언니는 참 이뻐. 내가 본 사람들 중에 언니가 최고 이뻐."

"아이고. 네가 이쁜 걸 알기나 하니? 너 일하기 싫어서 보리수 따러 산에 가려고 하는 거지?"

"아니야. 진짜로 언니가 예뻐 오늘 확실하게 알게 된 거야."

"승아야. 엄마 오시기 전에 잔말 말고 고구마나 얼른 캐. 고구마 순도 따야 하니까."

"언니. 근데…, 언니 요즘 일찍 자더라? 공부도 하지 않는 것 같고. 어젯밤에 언니 방에서 자려고 갔는데. 언니 공부도 하지 않고 자더라. 내 자리까지 차지하고 그래서 안방에서 그냥 잤어."

한동안 아무 말없이 고구마를 캐던 언니가 한숨부터

내쉬었다.

"공부하면 뭐하냐? 여자 팔자 시집만 잘 가면 되는 거지, 그런 생각도 해. 오빠 학비 때문에 아버지 걱정하는 것 보면 오빠처럼 1년 동안이라도 장학금 타면 다행이겠지만, 자신이 없다."

처음으로 언니는 나에게 진실한 속내를 말했다.

"난 언니가 대학생이 되는 모습 보고 싶은데…. 오빠는 1년 농사 있는 대로 다 오빠한테 가는 데도, 아버지 엄마한테 감사한 것도 모르고 있는 것 같아."

"설마 모르겠니? 염치 없어서 표시를 하지 않을 뿐이지. 그런 것 신경 끄고 너나 열심히 공부해."

아버지가 고구마밭으로 달구지를 끌고 오셨다. 누렁 황소는 우는 소리 한번 들리지 않고 듬직하게 아버지를 돕고 있었다. 아버지에게 있어 황소는 자식 같은 존재였다. 고구마 밭에 오자마자 아버지는 황소 입에 있던 거래기를 풀어 내자 황소는 고구마 줄기를 맛있게 먹었다. 우리는 고구마를 달구지에 다 옮겨 싣고 내가 고구마 덩굴 위에 대자로 눕자 언니도 풀썩 주저 앉았다.

황금벌판에 괴물 같은 기계가 벼를 베고 타작까지 하면서 나락을 자루에 담는 모습은 기가 찰 노릇이었다.

세상이 요동치는지 텔레비전에서는 괴뢰군과 전쟁을 하는 것이 아니고 백주 대낮에 전라도 광주에서 난리가 났다고 하고 저 신기한 기계를 봐도 세상이 뒤집어지는 것만 같았다.

아버지에게는 전쟁이라는 끔찍한 사연이 있었다. 아버지의 형님이 부모님 보는 데서 괴뢰군에 끌려가 소식이 없어 아버지가 독자가 된 것이었다. 그래서였는지 아들 형제를 꼭 낳고 싶었으나 딸만 다섯에 아들 하나를 두게 되었다. 아들 하나 있는 것도 품 안에 있을 때 자식이지 어쩌다 오면 자식이 상전 된 것처럼 점점 자식이라도 거리감이 느껴지고 있었다.

마을 회관을 지나 방앗간에 마을 아이들이 모여 놀고 있었다. 계집아이들은 고무줄놀이를 하거나 사방치기를 하고 사내아이들은 지칭개 풀을 뽑아 제기차기를 하고 있었다. 쌀방앗간은 웅장하게 높은 곳에서 벨트가 움직이면서 여러 개의 복잡한 벨트들이 웅장한 소리를 내며 벌어진 쌀 가마니 안으로 하얀 쌀이 떨어지고 있었다. 참새들이 방앗간 안의 높은 지붕 밑에 모여들고 구석에는 고양이 가족이 밤새 들쥐들을 잡으려고 준비를 하고 있었다. 길가에 코스모스가 피어 바람에 한들거렸다. 아이들은 방앗간 앞과 회관 앞에서 재잘거리며 놀고 있었다.

당당하고 도도하게 아버지 어머니 앞에서 할 말 다하던 언니는 마치 숨어 있는 사람처럼 방에 들어가 나오지 않았다. 어쩌면 언니는 계획했던 미래나 희망을 포기하는 것은 아닐까? 나는 대추나뭇가지를 꺾어 가시에 빨강 코스모스 꽃을 꽂아 책상에 앉아 있는 언니에게 선물이라고 불쑥 내밀었다. 그때 언니는 마치 엉뚱하고 공부하고 통 관심 없는 동생이, 재미있거나 한심하다는 듯이 도리질하며 미소를 보였다. 나는 늘 예쁜 언니가 하는 모든 행동이 자랑스러웠다.

추수가 끝나자 아버지와 어머니는 대대로 물려받은 격식에 따라 햇곡식으로 고사를 지내야 했다. 하루 종일 팥을 물에 불리고 햅쌀을 불려서 머리에 인 어머니를 따라 삼거리 떡방앗간에서 갈아와 어머니는 정성껏 고사떡을 만들었다. 아버지는 대들보 위에 매달려 있던 누렇게 변한 북어를 풀어 내리고 새로 사온 북어를 새실로 묶어 다시 대들보에 걸었다. 어머니는 뒤란 터줏대 안에 있던 항아리에 묵은 쌀을 꺼내 햅쌀로 채워 놓고 시루떡과 정화수를 떠 놓고 가신(家神)들에게 고사를 지냈다.

 언제부터 시작된 것일까? 수업을 끝내고 마을 입구에 들어서자 징과 장구 소리가 들리기 시작했다. 만신 할멈 집 굿을 하는 소리였다. 마을 사람들은 불공을 드린다고 집집마다 쌀이나 곡물을 이고 만신의 집으로 가고 있었다. 해마다 마을의 행사가 된 것처럼 아마 북소리 장구 소리는 오늘 밤새도록 굿판이 벌어질 것이다. 해마다 늘 그랬었다.

 어머니는 장날 검정콩을 팔아야 한다고 종일 콩 털고 깨 터느라 굿판에 일찍 다녀올 수 없었다고 어두우니 나와 함께 가자고 했다. 그런데 난 이번만큼은 어머니를 따라 굿판에 가고 싶지 않았다. 그렇다고 아버지가 따라 갈 리 없을 것이고, 산길을 엄마 혼자 머리에 이고 플래시를 들고 갈 수는 없는 일이었다. 그래서 나는 하는 수 없이 어머니를 따라갔다. 야트막한 산길을 넘자마자 굿판에서 들려오는 장구 소리 징 소리가 점점 크게 들리더니 어둠 한복판이 환하게 불빛이 비추고 오방색 깃발들이 펄럭이고 있었다.

 이곳은 아주 오래전 옹기를 굽던 장소였다. 깨진 사금파리나 깨진 항아리 조각들이 널려 있었고 집이라고 할 수도 없는 다 쓰러져가는 움막이 하나 있었다. 용하다는 만신 할멈이 어찌해서 이 마을에 왔는지는 모르지만, 이미 해마다 고깃배 선주들이 만신을 불러 풍어와 안전을 기원하기 위해 용마루 선착장에서 용왕굿을 했던 그 만신이었다. 그런 용하기로 소문난 만신이 마을에 산다는 것을 마을 사람들은 마다할 이유가 없었던 것이다. 쓰러져가던 움막집은 멀끔하게 개조되어 있었다. 굿판이 벌어지는 신당이 있는 곳은 사람들이 빙 둘러 앉아있었고 더러는 서서 있는 사람들로 무당의 모습이 보이지 않았다. 어머니가 굿판이 벌어진 입구에서 누군가 어머니가 머리에 이고 온 쌀 보따리를 받았다. 정신없이 들려오는 방울 소리와 북소리 징 소리, 무슨 말을 하는지 알 수 없는 정신 사나운 소리들…. 어느새 엄마가 보이지 않자, 나는 사람들 틈을 비집고 엄마를 찾았다.

그곳에 길수가 있었다. 그는 하얀 한복을 입고 장구를 치고 있었다. 이 년 전에도 나는 엄마를 따라 굿판에 왔었다. 그때는 그를 보지 못했었다. 길수는 머리에 하얀 띠를 묶고 장구를 치고, 무당은 긴 칼을 양손에 들고 펄쩍펄쩍 뛰다가 칼과 칼이 부딪치는 소리와 불빛에 번쩍거리며 칼날이 빛나고 있었다.

굿판에 앉아있는 사람들 속에 엄마도 앞자리에 앉아 있었다. 나는 구석에서 엄마를 기다릴 수밖에 없었다. 귀에서는 방울 소리가 요란하고 굿판에서의 웅성거림과 쿵덕 쿵덕 북소리에도 아마 나는 잠시 졸고 있었는지도 모른다. 어느 순간 엄마가 옆에서 내 이름을 불렀다.

이미 하늘은 청색으로 서서히 베일이 벗겨지고 솔숲은 뿌연 안개 속에 갇혀있었다. 가을의 한기를 느끼면서 어머니와 나는 산길을 걸었다. 텃밭에는 묶어놓은 김장 배추가 아침 햇살을 기다리고 있었다.

"엄마! 저기 어…, 언니? 언니! 언니 왜 그래?"

배추밭 고랑에서 언니가 온몸을 사시나무처럼 떨면서 웅크리고 있었다.

"언니! 정신 차려! 언니 왜그래! 언니, 언니, 제발 언니나야 나! 나를 봐."

"승미야! 애야, 왜 그래? 아이고 우리 딸 무슨 날벼락이냐? 승아야! 어서 일으켜 세우자."

철퍼 주저앉아 꿈인 듯 생시인 듯 분별 못하고 언제부터 나와 있었는지 옷은 흠뻑 젖은 채로 오돌오돌 떨고 있는 언니를 엄마는 끌어안고 일으켜 세웠다. 나는 얼른 내가 어깨를 덮고 있던 털실로 짠 망토를 언니의 어깨를 덮어주고 집으로 함께 들어왔다. 방안에 들어오자 엄마는 놀라 주저앉고 말았다.

"승미야! 아이고 세상에 불쌍한 것. 승미야. 어떤 놈이야? 내 눈을 봐. 누구야? 누구냐고!"

언니의 아랫도리에 붉은 피가 묻어있었다. 나는 그때 무엇을 의미하는지도 몰랐다. 망연자실 주저앉은 엄마 옆에서 엄마가 대야에 물을 떠오라 해서 물을 떠다 주자, 엄마는 하염없이 눈물을 흘리면서 언니의 아랫도리를 닦아주고 있었다. 내가 다시 물을 떠다 주자 어머니는 더 이상 충격을 이기지 못해서인지, 나에게 흙투성이가 된 언니의 발을 씻겨주라고 했다. 어머니는 쓰러질 듯 앉은 자세에서 두 손바닥을 방바닥을 짚고 있었다. 어머니는 다시 언니의 얼굴 가까이 대고 "누구냐? 누구야? 제발 정신 차려."라고 했지만 언니는 들리지도 않고 말할 수 도 없는 꿈을 꾸고 있는 듯 초점 없는 동공만 천정을 바라보고 있었다.

언니는 내가 옷을 입히기 위해 팔을 올리면 올리는 대로 아랫목에 눕히면 눕히는 대로 감각도 느끼지 못했다. 아버지가 잠결에 이상한 느낌이었는지 방문을 열었다. 어떤 일이 일어났었는지 알 수는 없었지만, 언니의 벗어

놓은 젖은 옷에 피가 묻은 것도 보았을 것이다. 어머니의 넋이 나간 모습과 언니의 초점 잃은 눈빛으로 천장만 바라보는 상황에서 아버지는 어머니를 다그쳤다.

"무슨 일이냐. 어떤 놈한테 당한 거여? 정신차려 봐. 승미야! 엄마 알아보것어? 괜찮아, 승미야. 정신차려라."

엄마가 처절하게 소리 없이 눈물을 흘렸다. 아버지도 고개를 돌리고 눈물을 흘렸다. 아버지는 딸을 지켜주지 못했다는 것을 자책하면서 충격을 이기지 못하고 어떤 놈인지 꼭 찾아서 쳐죽이고 싶은 심정으로 입을 꽉 다물고 있었다.

다음날 저녁에 언니는 말없이 일어나 변소에 함께 따라가고 다시 방에 들어와 아무 말도 눈도 마주치지 않고 다시 자고. 제 정신인지 아닌지도 알 수 없지만, 다음날 아침에 엄마가 끓인 죽을 방으로 가져다주면 먹는 반복된 날들이 계속되었다. 나는 언니의 손을 잡고 안방에 가서 밥을 먹었지만, 여전히 말없이 눈도 마주치지 않았다. 그렇게 언니는 바보가 되어가고 있었다.

어느새 언니가 병들었다는 소문이 마을에 퍼지기 시작했다. 그러나 그날 밤 일은 아무도 모르는듯했다. 심지어 시집간 언니나 서울 오빠에게도 원인을 알 수 없는 병에 걸린 거라고 했다.

 밤새 서리가 하얗게 내린 늦가을 아침, 아버지는 쇠죽을 끓이면서 두 딸이 자고 있는 방에 군불을 지피려고 앞마당을 지났다. 매일 생각했던 것은 '오늘은 딸이 제정신으로 돌아올 수 있지 않을까?'하는 바램이었다. 아궁이에 장작을 넣고 잔 솔잎으로 불을 붙이고 일어나면서 딸이 있는 방문 앞을 보았다. 마루 앞에 발자국을 보았다. 밤새 내린 서리를 밟고 간 발자국에 아버지는 벌컥 방문을 열었다. 언니 옆에서 자고 있던 나는 깜짝 놀라 일어났지만, 언니는 깊은 잠에서 깨어나지 못하고 있었다.
 "아버지! 왜요?"
 "아…, 아니다. 아무일 없는 거지? 너 언니하고 계속 함께 있었던 거지? 저 창문 꼭 걸어 잠가야 한다."
 아버지는 내 짧은 대답을 듣고도 앞마당 쪽에 있는 문이 잠겨 있는지 다시 확인을 하고 나가셨다.
 이른 새벽 뽀얀 서리가 솔숲을 덮고 있어 한치 앞길만 겨우 보일 뿐 이미 발자국은 서리에 덮여 더 이상 흔적을 찾을 수 없었다. 그러나…, 이 고개를 넘어 갔다면 무당 집 뿐인데. 설마 길수가? 그럴 리가 있겠는가? 마을에서 제대로 대우도 받지 못하는 근본도 모르는 녀석을 내가 그렇게 잘해줬는데, 그 녀석이 설마 그럴 리 있겠는가? 몇 번을 생각해도 믿을 수 없는 일이라고 부정해도 그녀석뿐이라는 생각이 점점 더 확신으로 굳혀지고 있었다.

아침 밥상에서 아버지와 어머니는 작은 목소리로 길수에 대한 의심되는 행동들이 하나둘 떠오르며 이야기를 계속하고 있을 때 별안간 언니가 온몸을 흔들면서 들고 있던 밥 숟가락을 떨어트렸다.

"승미야! 아이고 여보, 그놈이 확실한가봐? 아이고 시상에 이걸 어째. 그놈이 우리 승미를…, 죽일 놈!"

언니는 정신을 잃은 듯이 엄마가 안아주려고 해도 구석에서 두려움에 부들부들 떨고 있었다. 아버지는 울분에 찬 눈빛으로 마치 숨이 멈출 것 같은 표정이 되어 천장을 보고 있었다. 그 순간은 잠시뿐이었다. 벌떡 일어나는 아버지를 어머니는 두 손으로 붙잡았다.

"여보, 여보! 잠깐 생각 좀 해보세요. 동네 소문나면 안돼요. 여보. 승미를 생각해 봐요?"

"어떻게 참으란 말이오? 쳐 줄일 놈. 그놈이! 내 딸을?

그놈이? 맞아, 그놈이 승미를 그랬던 거야."

"언니! 괜찮아. 언니 나야. 언니. 언니 밥먹자. 자 일루 와 언니."

나는 어머니가 아버지를 진정시키고 있는 동안 언니의 손을 잡고 밥상 앞으로 다시 앉게 했다.

"그놈이야? 그놈이 그랬던 거야. 천벌을 받을 놈…."

하루 종일 아버지는 뒤뜰에서 서성이다가 앞마당에서 서 있는가 하면, 외양간에 소를 보면서 알 수 없는 넋두리를 하기도 하고, 마당 끝에서 황량한 넓은 빈 들판을 한참이나 바라보곤 했다. 나는 언니가 있는 방에서 빨간색 털실로 벙어리장갑을 뜨고 있었고 언니는 어린 아이처럼 책을 읽지도 않으면서 꺼냈다 다시 넣고 반복적인 행동을 하다가 한참 동안 머리를 빗곤 했다.

캄캄한 밤이었다. 가을의 찬 바람에 뒤란 나뭇가지들이 부딪치는 소리가 들리고 문풍지가 흔들렸다.

길수가 왔다. 어머니는 길수에게 사랑방에 들어가 기다리라고 했고, 곧이어 아버지가 마루를 지나가는 발소리가 들렸다. 나는 아버지의 계획이 무엇인지 모른다. 분명한 것은 아버지와 어머니가 어떤 계획이 있었을 거라는 생각이다. 살기가 느껴지는 아버지의 모습은 무서웠다.

꾸역꾸역 분노를 삭히며 아버지는 나에게 언니하고 얼른 너희 방으로 가라고 했다.

"당신이 가서 새끼줄도 꽈야 하고, 볏짚 작두질도 해야 한다고 오늘 밤에 그 녀석을 오라고 해."

"아이고, 여보 그놈 보자마자 삭신이 떨려서 어떻게 말해요."

"그놈이 도망가지 못하게 당신이 침착하게 잘해."

아버지는 나이 오십이 되었어도 키도 크고 몸집이 당당하여 초등학교 운동회가 열리는 날이면 학부모씨름대회에서도 근방을 통틀어 아버지를 이길 사람이 없었다.

사랑방은 대문 옆에 있고 앞마당을 사이에 두고 안채 안방과 대청마루를 지나 언니와 내가 있는 방과는 거리가 있었다. 언니와 내가 쓰는 방 옆으로 창고가 있고 외양간이 있었다. 언니는 누가 왔는지도 모르고 졸린 눈을 하면서 머리를 빗고 있는 모습이 평화로웠다.

사랑방에서 비명 소리가 들렸다. 아버지는 묻지도 않고 길수를 사랑방에 가둔 채 몽둥이로 사정없이 패고 있었다. 어머니의 목소리가 들렸다.

"그러다 사람 죽이겠어요. 그만 하세요. 여보, 제발 이제 그만 해요. 그런다고 승미가 제정신으로 돌아오는 것도 아닌데 이제 그만해요."

사랑방 문을 걸어 잠그고 몽둥이 찜질을 하는 아버지를 말려 보지만 문이 열리지 않았다.

언니가 잠이 들었다. 살며시 나와 어머니의 손을 잡았다. 막내딸로 태어났으면 막둥이로 응석받이가 되었을 텐데…. 원하지 않던 딸로 태어난 나는 있으나 마나 한 식구들의 관심 밖의 딸이어도 엄마는 그나마 내 손을 꼭 잡고 흐느끼며 울었다. 나는 처음으로 아버지가 사람을 죽이고 있는 것 같아 아버지가 무서웠다. 아마 어머니도 그랬을 것이다.

"죽을 죄를 졌습니다. 내가 승미를 책임지겠습니다. 평생 죄인으로 시키는 대로 다 할게요."

신음 소리와 함께 길수의 목소리가 들렸다. 아버지의 몽둥이는 더욱 거세게 내리 치고 있었다.

"어디 근본도 모르는 네 놈에게 내 딸을 넘보고 그래. 택도 없다 이놈아! 평생 혼자 살망정 네놈이 감히 내 딸을 줄 것 같으냐? 네 놈은 당장 이 마을을 떠나서 다시는 내 눈앞에 나타나지 말아야 한다. 알았어! 내가 너를 경찰서에 가서 도둑놈으로 신고해 놓을 것이니 읍내에서도 네 놈이 살 수 없다는 것을 알아야 해!"

　길수의 대답을 들었는지 사랑방 문이 열리고 아버지는 대문 밖으로 나갔다. 아버지는 뒷모습을 보이며 걷고 있었다. 아버지와의 거리를 두고 나도 걸었다 하늘은 어둠 속에서 별들이 빛나고 구름에 가려진 달이 간간히 얼굴을 내밀고 있었다.

　달빛이 아버지의 뒷 모습을 비쳐주고 있었다. 아버지는 허허벌판이 된 빈 논둑길을 걷고 있었다. 나는 슬픔이 밀려와 자꾸 눈물이 났다. 아버지를 불렀다. 한번 두 번 세 번째 울면서 겨우 아버지를 불렀다. 내가 따라 왔다는 것을 몰랐던 아버지가 내 앞에 아무 말없이 기둥처럼 서 있었다.

　집으로 돌아왔을 때 어머니는 사랑방에서 눈물을 흘리면서 쓰러져 움직이지도 못하는 사람 앞에 한탄하듯 방바닥을 치면서 울고 있었다. 문밖에서 한참이나 담배 연기를 길게 뿜어 내던 아버지가 방으로 들어가 길수를 등에 들쳐 업고 나갔다.

　긴 겨울이 지나가고 마을에서도 아주 오래된 우중충한 잿빛 기와집 뒤뜰에는 매화꽃이 눈을 뜨고 연두색 나뭇잎이 보이기 시작했다. 겨울 동안 우리 집에서는 아무도 언니가 아픈 사람이라는 것을 의식하지 않았다. 당연히 밥을 먹고 당연히 화롯불에 고구마를 구워 먹고 그리 슬픈 일들이 일어날 이유도 없지만, 그리 웃을 일도 없었다. 언니는 덤덤하게 내가 일어나면 함께 일어나고 내가 세수를 하면 함께 세수를 하며, 착한 소녀처럼 머리를 곱게 빗겨주면 만족한 듯 손으로 머리를 쓸어내렸다.

봄날 언니는 나와 손을 잡고 뒤뜰에서 꽃을 보고 앞마당에서 내가 사방치기하는 것을 바라보곤 했지만, 내 친구들이 오면 방으로 들어가 몰래 숨어서 바라보곤 했다. 마을 사람들은 박씨네 똑똑한 딸이 귀신들렸다고 했고 또는 서울 대학생과 사귀다가 헤어지고 정신적 충격을 받아 미친 거라고 했다.

산 구릉지대에는 아직 하얀 눈이 남아있지만 봄 햇살이 비치기 시작하자 독수리 바위로 올라가는 산언덕에 진달래꽃이 피었다. 더러는 노란 생강꽃도 보이고 하얀 조팝나무꽃도 피기 시작했다.

봄바람이 알싸하게 불어도 언니와 나는 산에 올라가 진달래꽃을 꺾어와 작은 항아리에 물을 담아 꽃을 꽂아 놓기도 했다. 언니는 날마다 냉이를 캐거나 산에 올라가기 위해, 학교 수업이 끝나고 집에 오는 나를 기다렸다.

그때 나는 언니가 정상적인 사람이 아니라는 것을 망각하기도 했었다.

그날은 수업이 끝나고 무엇 때문인지 조금 늦게 집에 왔다. 집에는 아무도 없었다. 아버지 어머니가 보이지 않아도 '어디를 가셨겠지…' 생각할 수 있는 일이지만 언니가 보이지 않았다. 뒤뜰에도 보고 한동안 숨바꼭질을 하듯이 언니를 찾아 다녔다. 마을 사람들을 정신이 온전치 못한 언니를 찾고 있는 나를 슬픈 눈빛으로 나를 보았다.

언니가 죽었다. 슬픔도 괴로움도…, 아무것도 모르는 언니가 스스로 죽었다고 했다.

독수리 바위 절벽에서…, 진달래꽃을 한아름 꺾어 가슴에 안고 떨어져 죽었다고 했다. 왜? 언니가 죽었는지? 아무런 근거가 없었다. 언니를 범한 길수는 이미 이 지역을 떠난 것을 아버지는 확신했기 때문이었다. 아버지 어머니의 슬픔은 얼굴에 나타나는 무표정한 모습과 점점 야윈 얼굴에 슬픔이 덕지덕지 묻어있었지만, 아무도 아쉬움이나 그리움을 말하지 않았다.

나는 매일 언니와 함께했던 모든 일상들이 환영처럼 내게 남아 있었다. 하지만 마치 금지된 단어처럼 언니에 관해서 아무도 말하는 사람도 없었다.

 봄이 가고 여름과 가을 그리고 겨울이 지났다. 계절이 바뀔 때마다 나는 언니와 함께 산에 오르고, 꽃을 보고, 계절마다 다른 나무들을 보고 보리수를 따서 함께 먹으며, 밤을 따고 도토리도 줍언 모습들을 나는 여전히 언니와 함께 기억하고 있었다.
 아무도 언니에 대해 말하지 말라고 한 것도 아니었으면서도 말할 이유도 없었지만, 언니와 함께 있던 그 자리 그 기억 만으로 나는 슬픔이 아닌 행복했던 기억들을 붙잡고 있었다.
 오빠와 언니는 시골 바닥에서 소문이 날 정도로 공부를 잘했던 것과는 상관 없이 나는 공부에 전혀 관심 없고 어떠한 꿈도 희망도 없었다. 18살이 되면 공장에 다니는 언니처럼 돈 벌어서 엄마 아버지에게 보탬이 되는 딸로 그렇게 살아 갈 거라고 생각 했었다. 나는 단짝 친구가 중학교에 가니까 덩달아 함께 어울리기 위해서 읍내 분교 중학교에 다니게 되었다. 그러던 나에게 옷장 속에 있던 언니가 입던 옷들 속에 버리지 못하고 숨겨 놓았던 교복을 꺼내 보았다.

이제 4년 전에 사라진 내 언니를 기억하는 사람이 없는 것처럼 양갈래머리를 한 예쁜 여고생의 이야기를 하는 사람도 없었고 아무런 흔적도 없다. 아버지는 여덟마지기 논을 팔아 직장에 다니는 오빠에 집을 구해 주고 공장에 다니는 언니의 결혼 자금으로 주었다. 고등학생이 된 나는 옷장 속에 있던 언니의 교복을 입고 안개가 자욱한 이른 아침 마을을 지나서 언덕길을 넘어 삼거리 정류장에 도착하여 이웃 마을 아이들과 매일 똑 같은 장소 똑 같은 시간에 지극히 특별 할 것 없는 일상을 언니가 그랬던 것처럼 무모하지만 언니를 위해서 그래야만 한다는 나만의 비밀이 있었다.

산에는 봄꽃들이 시들어 사라져 버리고 하얀 아카시아 꽃들이 피기 시작했다. 구릉지에도 하얀 찔레꽃이 피고 길가에는 억세게 웃자란 냉이꽃이나 개망초 꽃잎에 노랑 나비가 한가롭게 날고 있었다.

토요일, 하늘은 맑았다. 어머니는 감자 밭 도랑에 심은 열무를 솎아내고 있는 모습을 보고 산언덕에서 지천으로 퍼져있는 취나물을 하러 산에 올랐다.

멀리 무당 집에서 푸닥거리를 하는지 '쿵 쿵 쿵…'하고 장구 소리가 들렸다. 멀리 어머니의 모습이 작게 보였다.

어머니는 그때 일을 정말 잊은 것일까? 아니면 기억하지만 잊은 척 하는지도 모른다. 차라리 잊을 수 있다면 다행인지도 모른다. 아카시아 꽃향기가 달콤했다. 산 비탈을 넘는 동안 나물 바구니는 채워져 있었다. 여전히 언니가 있었던 곳에는 나뭇가지의 새순이 파릇하게 피어나고, 바다는 유리거울처럼 눈부시게 봄 햇살을 비추고 있었다. 독수리 바위에 누군가 있었다. 산나물을 하러 온 마을 사람일 거라 생각했다. 여전히 만신 할멈 집에서 방울 흔드는 소리와 징 소리가 산울림처럼 들렸다.

"나물 많이 했니? 너 키도 크고 이뻐졌다. 선 머슴 같던 애가 많이 컸어."

남자의 목소리에 나는 놀라 자빠질 뻔했다. 길수였다. 언니를 죽게 한 그놈이었다. 그의 손에는 술병이 들려 있었다.

"아… 아. 네!"

너무 놀라서 달아나야 한다는 생각을 하면서 발이 땅에 떨어지지도 않고 머뭇머뭇 뒷걸음질하고 있었다. 그는 태연스럽게 내 나물 바구니를 보려는 듯 절룩거리며 다가왔다. 나는 언니가 스스로 죽음을 선택하지 않았다고 믿고 있었다. 그러나 생각뿐이지 의심할 사람도 없었다.

저 사람이 이곳을 떠났다고 생각했었으니까…. 어릴 때부터 두려움 없던 나는 알 수 없는 용기와 독기가 온몸을 뻣뻣하게 어깨를 누르고 있었다. 그가 언니를 절벽으로 밀었을 것이다.

"가까이 오지 마세요. 언니가 죽었어요. 알고 있죠? 보았죠? 아저씨가 우리 언니를 죽였나요?"

"야! 아니야! 난, 죽이지 않았어. 내가 미쳤니? 내가 좋아하는 사람을 왜 죽여? 말이 되는 소리야?"

"우리 언니는 스스로 자살 같은 거 할 줄 몰라요. 죽는 것 모른다고요! 말해줘요 알고 있죠? 보았죠? 보았잖아요!"

나는 악에 받쳐 소리를 질러댔다. 그는 바위에 기대어 손을 바들바들 떨면서 멍한 눈으로 나를 바라보았다.

지난 가을에 나는 그를 보았었다. 하지만 아버지 어머니한테 말하지 않았다. 그가 언니를 죽였다고 단정 지을 수는 없겠지만 '왜? 떨어지게 되었는지?' 가끔 언니를 생각할 때마다 이유를 알고 싶었다.

길수는 '아니라고 절대 아니라고 네 언니를 좋아하는 사람인데 내가 왜? 네 아버지도 어머니도 나에겐 가족 같은 사람인데 내가 왜? 나는 진짜 내 가족이 되길 바랬던 거라고 내 말을 믿어 달라.'고 했다.

"근본도 없는 놈이라고? 나를 병신 취급할 게 아니라, 네 아버지는 나를 받아줬어야지."

"언니를 정신병자 만들어 놓은 사람이 누군데, 그런 소리를 해요? 언니는 아저씨가 죽인 거에요."

"아니야! 아니라고! 난, 죽이지 않았어! 떨어진 거야! 잡을 수가 없었어!"

더 이상 아무 말도 할 수 없었다. 나는 풀썩 주저앉아 엉엉 울었다. 그러다가 그가 움직이는 소리에 벌떡 일어나 달리고 또 달렸다.

그날 만신 할멈이 신안(神眼)에서 정신없이 뛰고 있을 때, 그는 장구를 치면서 기(氣)를 받았는지 당당했다. 그는 그날 굿판에서 나와 눈이 마주쳤고 앞에 앉아 있는 어머니를 분명히 보았을 것이다.

그는 언니가 방에 혼자 있다는 것을 알고 그 기회를 놓치지 않았을 것이다. 귀하게 키운 아들은 서울에 있고 농사일을 도와줄 사람이 자신 밖에 없다는 것을 알고 내 여자로 만들어 놓으면 어쩔 수 없을 거라고 믿었던 것은 아니었을까.

그는 마을을 떠날 수 없었다. 만신 할멈은 늦은 밤 문 밖에서 온몸이 피멍이 들어 쓰러져 있는 그를 숨겨놓고 매맞은 다리가 낳을 때까지 돌봐주었지만 온전하지 않았다. 만신 할멈에게도 길수는 필요한 사람이었다. 친 핏줄은 아니더라도 신딸이 결혼하여 자식 낳고 잘 살아가는 듯 했으나 아이를 덜렁 맡기고 가버렸다. 어린 것을 키우다 보니 의지할 사람이 되어 떠난다고 해도 보낼 수가 없었다. 그는 절룩거리며 솔숲에 숨어서 승미를 지켜보곤 했었다.

그날은 아버지는 씻나락 뿌린 못자리 판에서 파릇하게 솟아오른 새싹들을 바라보고 있었고 어머니는 텃밭에 있었다. 언니가 혼자 산에 가는 것을 아무도 보지 못했다. 언니는 아마 나를 기다리다가 습관처럼 가던 길을 걸었는지도 모른다. 언니가 진달래꽃을 한아름 꺾어 들고 있는 것을 길수는 지켜보고 있었을 것이다. 그 사람이 언니를 죽이지 않았다고 해도 언니는 그를 보자마자 가까이 다가오는 그 순간 그 공포는 감당하기 힘들었을 것이다. 언니를 절대 죽인 것이 아니라고 하지만…, 손을 내밀고 다가오는 사람이 그 사람이었다는 것을 알았을 때 두려움과 공포에서 벗어나기 위해 한 걸음 한 걸음 뒷걸음질치다가 절벽에 서 있었을 것이다. 언니는 몰랐을 것이다. 그가 언니에게 다가가지 않았더라면…. 그는 언니를 두 번 죽인 것이다.

　굿하는 소리가 점점 더 가깝게, 더 크게 더욱 선명하게 들렸다. 그를 사랑방에 가두고 몽둥이로 실컷 내려치면서 분을 이기지 못해 몸부림쳤던 아버지의 눈에 비친 불빛을 나는 생각했다. 저 인간은 내 아버지 어머니를 존중하고 내 언니를 좋아했던 것이 죄가 되느냐고? 왜 나를 받아주지 못했느냐고? 너희 집에는 내가 필요한 사람인데 그걸 모르기 때문에 승미가 죽은 거라고…. 그는 상대가 원하지 않는 일방적인 생각과 행동을 정당화하면서 실실 미소마저 흘렸다.

　하늘은 먹구름으로 온세상이 잿빛이더니 비가 억수로 내리고 있었다. 빗소리에 잠에서 깨었을 때, 나는 3일 동안 앓아 누워 있었다. 감기도 아니고…, 온몸을 사시나무 떨듯 덜덜 떨더니 이제 먹으면 토악질까지 하며 열이 올라 어머니는 미음을 먹이고 차가운 물수건을 이마에 올려주고 있었다. 나는 '그 인간을 만났다고', '그는 떠나지 않고 계속 우리 주의를 맴돌고 있었다고'. '언니는 그놈을 보고 두려움에 도망치다 낭떠러지로 떨어졌다고.' '어쩌면 언니를 다시 범하려다 그렇게 된 것인지도 모른다고' 그렇게…. 말할 수 없었다.

길수, 그는 매일 언니를 마지막 보았던 그곳에 있었다. 해지는 석양을 좋아 했던 언니를 알고 있었던 것처럼, 그는 그곳에서 저녁 노을을 보거나 땔감을 지게에 올려 놓고 추억처럼 언니를 생각할 것이다.

그가 내 언니를 기억하고 있다는 것조차 더럽고 치욕스러워 나는 그를 죽여야 한다고 생각했다. '그 인간 머릿속에서 언니를 기억할 수 없게 아무도 모르게 은밀하게…' 절둑바리인 그는 나처럼 빨리 달릴 수도 없을 것이다. 그는 독수리 바위에 몸을 기대고 먼 바다를 바라보고 있을 것이다. 그때 힘껏 그를 밀어 버리면 어떨까?

양갈래로 머리를 곱게 묶고 언니가 입던 교복을 입었다. 빳빳한 흰 칼라를 똑딱 단추에 누르고 거울을 보았다. 나는 점점 말없이 조용하고 우울한 성격이 되어 왜? 살아야 하는지에 깊은 의문을 갖게 되었다. 대문을 열고 들어왔을 때 어머니는 열무를 다듬고 아버지는 외양간에서 여물을 주고 있었다.

저녁상에는 간간히 아버지의 헛기침 소리가 들리고 밥그릇에 숟가락 부딪치는 소리가 들릴 뿐이었다.

"여보. 만신 할멈이 돌아가셨다고 해요. 병원에 입원하고 보름 만에 돌아가셨다니 정정하던 사람이 세상에 누가 돌아가실 거라 상상이나 했겠어요."

"흠, 흠. 연세가 팔십이 다 된다고 하지 않았나?"

"칠십아홉이래요. 그래도 오랫동안 아파서 고통 받지 않고 가셨으니 다행이지."

"사람은 누구나 다 가는 건데 그래도 해마다 크게 바라지도 않고 마을 위해서 불공드린 양반인데…."

"그놈의 자식…, 흠흠. 용서가 안 돼, 살인자가 되더라도 그놈을 죽이고 싶었지…. 그런데 그놈을 죽이면 내 손이 더러워질 거고, 죽어서도 내 딸을 붙잡고 인연 맺을까 싶어 죽일 수 없었어."

나는 아버지의 생각을 모르는 채 살인을 꿈꾸고 있었다. 왜 사느냐고? 세상을 살다 보면 알게 된다는 말도 이해할 수 없지만 아버지가 딸을 생각해서 참을 수밖에 없었던 이유를 알게 되었다.

만신 할멈이 살던 빈집은 땅 주인이 밭으로 사용하기 위해 농기계로 흙담집을 없애버렸다고 했다.

"사람은 누구나 때가 되면 다 떠나는데 억울하게 제명에 살지도 못하고 가는 것이 안타까운 거여. 그것도 새파랗게 어린 것이…. 운명이고 팔자라고 하지만, 그건 이유가 아니야."

자식을 먼저 보낸 참혹한 기억 때문이었는지 아버지 어머니는 오빠가 있는 서울로 이사를 했고 고향에는 다시 올 일이 없었다. 가끔은 그리운 것은 그리운 대로 기억에 남아 있는 것을 회상하며 살았었다.

꿈을 꾸었다. 희미한 꿈속에서 보았던 소녀가 바닷가를 걸어가는 뒷모습을 보았다. 그리운 것은 나만이 아니라 떠난 사람에게도 그리움이 있을 거라는 희망이든 망상이든 나는 그를 위해 슬픈 추억도 마주해야 했다.

이매리 소설집

꿈꾸는 고래

초판발행일 2025년 11월 10일

지은이 : 이매리
펴낸곳 : 도서출판 문학공원
발행인 : 김순진
편집장 : 전하라
디자인 : 김초롱
등록 : 2004년 3월 9일 제6-706호
주소 : (우편번호 03382)서울 은평구 통일로 633
  녹번오피스텔 501동 302호 스토리문학사
전화 : 02-2234-1666
팩스 : 02-2236-1666
홈페이지 : https://blog.naver.com/ksj5562
이메일 : 4615562@hanmail.net

※ 잘못된 책은 교환해 드립니다.
※ 책값은 뒤표지에 있습니다.